내게
편지를
써준다면

미추홀외국어고등학교 북소리책다방 **지음**

작가의 탄생

목차

PART1.
기숙사와 룸메이트

PART3.
김진영 선생님의 글

PART1.
기숙사와 룸메이트

지우개가 둥글어진다는 것

권나경

입학 첫날, 처음 만난 룸메이트 윤이는 나와 정말이지 달랐다. 내가 가진 음계가 '낮은 도'였다면 그 아이는 '높은 시' 정도였달까. 윤이는 내가 머뭇거리며 한 발 조심스럽게 다가설 때 성큼성큼 걸어와 금세 부쩍 가까워져 있는, 그런 대범한 친구였다. 당시 나는 아직 안락한 나만의 공간에서 벗어나고 싶지 않았고, 또 은근히 낯을 가리는 편이라 윤이를 격의 없이 대하지 못했다. 이런 내게 윤이는 처음부터 훅 다가와 온갖 장난스러운 말들로 분위기를 풀어 주었다.

시간이 흘러 첫 중간고사 시험이 다가왔다. 나는 잘해야만 한다는 압박감에 짓눌리고 불안감에 떨었다. 기숙사에 들어가서도 마음 편히 쉬지 못했기에 차라리 교과서를 읽거나 문제집을 풀자고 결심했다. 그렇게 며칠간 책을 들고 기숙사에 들어갔지만, 매번 몇 장 읽지도 못하고 피곤에 지쳐 잠들었다. 이런 나에 비해 윤이는 속이 편해 보였다. 기숙사에 책을 들고 오는 법이 없이 늘 빈손이었다. 나는 그 모습이 참 그 아이답다고 생각했고, 한편으로는 '저렇게 안일해서 어떻게 시험을 볼까' 싶기도 했다.

그러던 어느 날, 윤이는 내가 과학 문제집을 들고 온 걸 보고서 장난스러운 웃음을 지으며 말했다.

"어차피 풀지도 않을 거 왜 갖고 왔어?"

나는 당황했다.

"풀 거거든?"
"네가 언제 풀었다고 그래? 한 번도 못 봤는데?"
"그동안 계속 책 읽었거든?"
"얼마나?"
"그래도 몇 페이지는 읽었어!"

　장난스럽게 시작한 대화였지만, 나는 점점 화가 났다. 아마도 윤이의 말에 이미 불안했던 내 마음이 흔들렸던 것 같다. 이때까지도 미소를 띠고 있던 윤이는, 내가 화내는 모습을 보고 침대를 마구 굴러다니면서 깔깔거리기 시작했다.

"아, 화내는 거 진짜 개웃겨!"
"너, 지금 내가 웃겨?"
"어, 개웃겨."

　나는 정말 화가 나서, 따박따박 그 아이의 언행에 대해 지적하는 데까지 이르고야 말았다. 왜 말을 꼭 그런 식으로 해야만 하느냐고, 계속 그렇게 말한다면 너와의 대화를 즐거워할 사람은 없을 거라고 말이다. 나중에 들으니 윤아는 이때까지도 내가 장난을 치는 줄 알았단다. 정색한 내 표정을 보고나서야 그 아이는 웃음을 멈추었고, 그때부터는 완전히 정적이었다. 불을 끄고 누워 "윤아, 자?" 하고 물었으나 윤이는 답하지 않았다(사실 들렸는데 화가 풀리지 않아 자는 척한 거라고 나중에 털어놨다).

그런 와중에도 아침은 왔고, 나는 어깨에 멘 책가방 가득 근심을 쑤셔 넣은 채로 등교했다. 열 명 넘는 친구들에게 고민 상담도 했다. 내가 윤이와 있었던 일을 털어놓자, 친구들은 모두 절대 먼저 사과하지 말라며 씩씩거렸다. 나는 윤이도 자존심이 세니 절대 먼저 사과할 리 없다고, 그냥 뒀다가는 이렇게 어색한 채로 한 학기를 보내게 될 거라고 이야기하면서도, 내가 먼저 자존심을 굽히고 사과하기는 싫었다. 어느새 기숙사로 돌아가야만 하는 시간은 다가왔고, 내 속은 타들어 갔다.

저녁 무렵, 나는 불편한 마음을 안고 또 다른 친구에게 마지막 상담을 요청했다. 친구가 내 이야기를 끝까지 듣고 나서 물었다.

"너 집에서 통학할 수 있어?"

나는 고민 없이 답했다.

"아니, 너무 멀지."
"그럼 답 나왔네, 뭐. 자판기에서 맛있는 거 사가지고 들어가서 네가 먼저 미안하다고 해. 계속 이렇게 지낼 거야?"

곰곰이 생각해 보니 정말 다른 방도가 없었다. 나는 결국 그 아이의

　　　　　　　　　　　　　　　　　PART1. 기숙사와 룸메이트

말을 듣기로 했고, 어떻게 말을 걸어야 할지 이런저런 상상을 하며 일단 초콜릿 과자를 하나 샀다. 기숙사에는 음식물 반입이 금지되어 있지만, 이날만큼은 규칙을 어겨서라도 이 과자를 꼭 가지고 가야 했다. 지금 내게 이 달달한 초콜릿 과자가 없다면, 무엇으로 우리 사이를 녹일 수 있을까. 나는 절실했다.

두근거리는 마음으로 심호흡을 한 번 하고 기숙사 문을 열었다. 방에 들어가니 윤이는 먼저 화장실에서 씻고 있었다. 윤이의 얼굴을 마주할 때까지 약간의 시간을 벌게 되어 다행이란 생각이 들었다. 책상에 가방을 내려놓으려는데, 침대 위에 뭔가 놓여 있는 게 보였다. 가까이 다가가 보니 그것은 신라면 한 봉지였다. 겉에 붙은 쪽지에는 미안하다는 말과 함께 "오늘 같이 라면 부숴 먹자"는 내용이 적혀 있었다.

솔직히 말하면, 다른 생각보다도 '다행이다!' 하는 생각이 제일 먼저 들었다. 나는 가정 통학을 쉽게 결정할 만큼 집이 가깝지도 않았고, 그렇다고 해서 사이가 나쁜 룸메이트와 화해하지 않고 남은 몇 달 내내 쿨하게 무시해 버릴 만큼의 깡도 없었다. 만약 내가 이 초콜릿 과자를 사 오지 않았더라면, 그런 채로 윤이가 침대 위에 올려 놓은 고마운 쪽지와 소중한 마음을 받기만 했더라면 나는 아마 엄청나게 뻘쭘하고 미안했을 거다. 내 생각을 조금 굽히고 초콜릿 과자와 사과할 마음을 같이 준비해 오기를 참 잘했다고 안도했다.

윤이가 나왔고, 우리 둘의 목소리는 벌써 그 전날의 살벌했던 그것과는 확실히 달라져 있었다. 마음이 녹았다는 거다. 윤이와 나는 서로의 입장을 이해해 주는 말들을 나눴고, 앞다투어 사과를 했다. 그리고 그날 우리는 신라면을 부숴 먹고 깔끔하게 화해했다. 물론 초코과자도 함께. 그냥 하는 말이 아니라, 이날 이후로 우린 정말 더 친해졌다. 나란히 학생회 멤버가 되어 한 학기를 무사히 잘 보냈다.

그리고 2학기를 앞두고 룸메이트가 바뀔 무렵, 나는 사물함에서 새 지우개를 꺼내다 문득 그 일을 떠올렸다. 기숙사 학교에 있다 보면, 학용품을 여러 개 쟁여 두고 쓰게 되는데, 내 사물함 아래쪽 바구니 안에는 볼펜부터 샤프, 지우개까지 없는 게 없다. 그중에서 제일 잘 잃어버리는 물건, 그래서 종종 새로 꺼내 써야 하는 것이 지우개다. 처음 꺼낸 지우개는 네 귀퉁이가 전부 모나 있어 쓰기에 힘이 든다. '쓱쓱' 해서는 지워지지 않아 '빡빡' 지우는 수밖에는 없다. 그러다 보면 모난 구석들이 전부 둥글어져서 어느 부분을 잡고 써도 부드럽게 잘 지워지는 때가 온다. 지우개가 둥글어진다는 건, 그런 거다. 지우개의 귀퉁이가 둥글어져 마침내 길이 들기까지 때로는 거칠게 지우면서 부딪혀야 한다는 거다. 학기 말, 새로 꺼낸 지우개의 비닐을 벗기며, 새로운 룸메이트를 만난다는 것은 아마도 새로운 지우개를 꺼내는 것과 다름이 없겠다고 생각했다. 서로가 서로에게 지우개가 되어서, 모난 구석을 둥글게 만드는 것이니까.

507호실 룸메이트

김지우

2022년, 설렘과 기대로 한껏 부푼 마음으로 고등학교에 입학했다. 한 학기가 훌쩍 지나 여름이 되자, 학교 주변 경치, 생활, 학우 등 많은 것에 익숙해졌다. 그 무렵 나는 새로운 기대에 마음이 설레기 시작했다. 그렇다, 바로 학기마다 하는 기숙사 룸메이트 추첨 시기가 다가오고 있었다.

친구들은 "이번 룸메이트는 코 골지 않았으면 좋겠다", "제발 내 룸메이트는 라면 끓여 먹는 걸 좋아하기를" 등등 어딘가 희망차면서도 부질없는 소망을 이야기하며 웃고 떠들었다.

내 바람은 그들과 조금 달랐다. 사실, 처음 이 학교에 입학하겠다고 다짐했던 순간 발목을 잡았던 것이 하나 있었는데, 그것이 바로 기숙사였다. 입학 직전 기숙사를 둘러보고서 덜컥 겁을 먹고 말았다. 여자 기숙사는 2인 1실이며, 침대는 두 사람이 손을 잡고 잘 수 있을 정도로 가깝다. 룸메이트와 함께 지내는 수준이 아닌, 아예 붙어 사는 수준이었다.

가족 이외의 사람들과 잠을 자는 것이 처음인 데다 무엇보다 나의 많은 부분을 공개해야 하는 것에 두려움이 생겼다. 사적인 부분에 관해서는 매우 예민하고 신경질적으로 구는 성격 때문이라고 생각한다.

다행히, 내 침실에 받아들인 첫 이방인이라고 할 수 있는, 1학기 룸메이트는 성격이 시원시원했고 내가 규칙을 약간 위반하더라도 곧잘 넘어가 주었다. 고등학교 생활 내내 이렇게 무난한 생활이 지속되면 참 좋겠지만, 애석하게도 이건 누구도 장담할 수 없다. 1학기는 학교에서 자체적으로 룸메이트를 배정해 주었지만, 이번엔 각자 제비뽑기로 상대를 정한다. 확률이라는 단어가 떠오른 순간부터 불안감이 엄습했다. '아, 이제 정말 어쩔 수 없구나.'

석식을 먹고 오후 7시 10분부터 11시 30분까지는 저녁 면학시간이다. 그날 면학이 끝나고 반 친구들과 룸메이트 추첨을 위해 기숙사로 달려갔다. 모두가 잔뜩 흥분했지만, 사실 나는 기대감보다 불안감에 흥분된 쪽에 가까웠다. 사감 선생님들은 시끌벅적한 상황 속에서도 질서를 지키도록 지도하고 계셨다. 추첨은 꼭 지금 해야 하는 것은 아니고, 호실에서 먼저 씻고 난 후에도 가능하다는 방송이 들렸다. 매도 먼저 맞는 게 낫다는 속담이 이럴 때 쓰이는 것인지는 모르겠지만, 어쨌든 나는 나의 반년을 책임질 희대의 '도박' 따위는 먼저 끝내는 편이 낫다고 생각했다.

예상보다 줄이 길었다. 친구들도 나와 같이 먼저 뽑고 호실로 들어가겠다고 했다. 나는 꽤 오래 걸리겠거니 짐작했지만, 한 명, 두 명 의외로 앞선 친구들이 빠른 속도로 줄어드는 것을 느꼈다. 아찔하리만큼 줄어

　　　　　　　　　　　　　　　　PART1. 기숙사와 룸메이트

드는 속도에 정신이 팔린 순간, 내 손은 정육면체 모양 종이상자로 만든 추첨통 안에 들어가 있었다. 나보다 먼저 뽑고 옆에 서 있었던 내 친구들은 "나 설마 지우랑 같은 방 쓰나?"라고 농담했다. 나는 애써 웃을 뿐이었다.

일생일대 가장 신중하고 땀이 뻘뻘 흐르는 뽑기였다. 지금 생각해 보면 손을 꽤 오랫동안 휘저었던 것 같다. 그러다 구석에 박혀서 꺼내는데 꽤 힘이 들었던 종이를 힘차게 뽑아냈다. 507호. 이 단순한 숫자가 왠지 편안하게 느껴졌다. 게다가, 친구들은 이곳에서 호수가 내다보인다며, 전망이 기가 막힐 거라고 했다. 생각보다 괜찮은 반응에 안도의 한숨을 내쉬었다.

한결 편해진 마음으로 내 종이를 사감 선생님께 보여드리자, 명렬표에 내 이름을 적으셨다. 그런데, 507호 내 이름 옆에 어떤 이름이 이미 적혀 있었다. 그러니까 내 2학기 룸메이트, J의 이름이 적혀 있었다.

나는 지나치게 내향적인 탓에 주로 먼저 다가오는 친구하고만 친해진다. 사실 친해지더라도 연락을 자주 하지는 않는다. 게다가 이방인의 속내를 의심부터 하는 버릇도 있어 친구의 폭은 좁은 편이었다. 물론 학기초에는 최대한 많은 친구와 얼굴도장을 찍고 가벼운 인사 정도는 하는게 좋다고 생각해, 억지로 연락도 해보고 친목을 이어 나간 적도 있었다. 하지만 너무 지치는 바람에 이내 그만뒀다.

그런데 이건 또 뭔가. 내 새로운 룸메 J는 연락을 했다가 끊긴 친구 중한 명이었다! 심지어 둘이 인사하자고 해놓고 정작 등교 이후에는 아는 척하지 못했다. 어색해도 너무 어색했다. 그리고 J가 있는 중국어과는 다른 과에 비해 워낙 학생이 적어 내가 아는 친구도 없었다. J와 내가 공통으로 아는 친구가 없으니 소통하기가 더욱 어려울 것 같았다.

나는 그 주 주말에 집에 돌아와 급하게 중학교 때 썼던 중국어 회화 교과서를 펼쳐 보기 시작했다. 예전에 중국어를 배워본 적이 있다는 이야기라도 꺼내보려는 것이었다. 그런데 이런 식으로 공감대를 만드는 것이 너무 억지스럽다는 생각이 들었다. 나는 매우 난감한 기분이었다. 학교 시험보다도 룸메이트와의 관계에 더 목을 매는 것 같아 황당하기도 했다. 일단 어떻게 그녀와 친해질 수 있을 지 골똘히 생각했다. 내 민낯은 도대체 어떻게 보여줄 것이며, 화장을 지운 나를 보고 경악할지 어떨지도 큰 걱정거리였다. 조금 부끄럽지만, J가 나 없는 곳에서 내 쌩얼 이야기를 하며 놀리는 상상까지 해보았다. 무엇보다 어려운 건, 그녀에게 진솔한 이야기를 털어놓고 깊은 관계로 나아갈지, 혹은 한 학기만 부닥치는 가벼운 친구로만 여겨야 할지 내 입장을 정하는 일이었다.

그렇게 잔뜩 긴장하던 첫날이 되었다. 그런데 처음부터 어딘가 문제 아닌 문제가 있었다. 그녀가 에어컨 바람을 정통으로 맞는 침대였는데, 그렇게 에어컨을 맞으면 건강이 나빠진다며 내게 침대를 바꿔 달라고 요청한 것이다. 그 침대는 현관문에서 바로 보이지 않아 내겐 꽤 괜찮은 제안이었다. 원래 이런 일은 사감 선생님들께 보고해야 했지만 우린 그렇게 하지 못했다. 그래서 J가 밀반입한 전자기기가 내 침대에서 발견되는 바람에, 그녀가 아닌 내가 아침 일찍 사감실로 불려간 해프닝도 있었다. 앞으로 이런 곤란하거나 부담스러운 부탁이 계속되면 굉장히 지치고 피곤할 것이라는 생각이 들었고, 그래서인지 J에 대한 첫인상은 그리

좋았다고는 할 수 없었다.

또, 우리는 개인적인 부분에서 차이점이 꽤 있었다. 나는 친구들 사이에서 짐을 많이 챙기지 않는 미니멀리스트로 유명했다. 그런데 J는 나와 달리 맥시멀리스트였다. 면봉부터 생수, 그리고 온갖 수납장까지…. 게다가 '기숙사 내 전자기기 사용금지'라는, 아주 대담한 규칙 위반을 하고 있었다. (물론 이후에는 나도 그녀의 도움을 받아 착실히 범법을 했다.) 게다가 화장실 샤워기에는 필터가 끼워져 있길래, 우리 방만 특실 취급인건가 싶어서 이게 뭐냐고 묻자 J의 부모님께서 직접 갈아주신 거라고 했다. 그래서 첫날을 보내기도 전에 '얘는 나와 다르구나' 라는 것을 직감했다. 차이에서 오는 불안감이 흥분감을 점차 좀먹고 있었다.

하지만 그런 모든 걱정이 무색할 만큼 J는 정말 좋은 사람이자 소중한 친구였다. 그녀와 다섯 달 동안 함께 지내면서 나는 많은 부분이 변했다. 설령 J가 의도하지 않았다고 해도 말이다.

나는 사실 혼자서 방을 독차지하여 쓰는 상상을 여러 번 했다. 혼자서 쓰면 룸메이트와의 충돌을 최대한 줄이기 위해 서로 씻는 시간을 정하지 않아도 되며, 배려할 것이 확실히 줄어든다. 그리고 무엇을 하든 자유롭고 눈치를 보지 않아도 된다는 점이 가장 좋아 보였다. 그런데 홀로 산다는 것은 생각보다 "외롭고 높고 쓸쓸"했다. 몸이 약한 J가 귀가를 하거나 건강 상 이유로 한동안 기숙사를 쓰지 않는 가정통학을 하는 날이면 나는 쓸쓸히 밤잠을 설치는 일이 많았다. 잠에 들기 전 J가 나지막이 속삭이던 "잘 자"라는 목소리, 그리고 내가 배고프다고 투덜대면 슬쩍 과자를 꺼내 내게 건네주며 자신이 좋아하는 거라고 소개하던 그 옷음, 내가 아기 같다며 '울애기'라고 불러주던 그 호칭.

우리는 단지 차이점에 가려져 잘 보이지 않았을 뿐, 의외로 잘 맞는 순간이 많았다. 나는 알레르기 비염이 있다. 가끔 환절기마다 코가 막혀 힘들곤 하는데, 이럴 때 누군가 곁에서 걱정스럽게 지켜보거나 간호해주려고 나서는 것이 나는 내심 불편하다. 그런데 다행히 J는 잠귀가 그리 밝지 않았다. 내가 비염 때문에 코를 풀거나 답답함에 뒤척일 때, 그 소란 속에서도 J는 잠을 푹 자곤 했다. 나는 이 점이 고마웠다.

이런 생각들이 J가 자리를 비운 틈을 타 내게로 기어올랐다. 처음에는 방을 혼자 쓰는 것이 생각보다 좋지 않은 일이구나, 하고 나름의 신념에 변화가 생긴 것처럼 가볍게 넘겼다. 하지만 이것은 막연히 이야기를 나눌 사람이 없어서 외로운 게 아니라, 함께 일상과 추억을 나눌 J, 바로 그 아이가 없어서 외로운 것이었다. 그래, 나는 어느새 나의 룸메이트이자 친구인 J를 아끼고 사랑하고 있었던 것이다. 그 어떤 친구들보다도 다른 점이 많았지만, 결국에는 좋은 영향을 주며 돈독한 관계로 나아갈 수 있었다.

항상 불안했던 기숙사 생활은 '좋다'는 단순한 감상을 넘어 마치 꿈만 같았다. 그리고 한편으로는 점점 끝나가는 이 편안한 생활이 안타까웠다. 이건 그때 가서 걱정해도 충분할 거라는 생각에 짐짓 괜찮은 척 신경 쓰지 않으려 애썼다. 하지만 정작 마지막 날이 다가왔을 때는 누구보다도 슬퍼했다. 앞으로 안 보거나 다시는 못 볼 사이는 아니라고 해도, 아무래도 룸메이트였던 때만큼 가까이 지내지는 못하기 때문이다.

1학년 수료식 날 J가 내게 오더니 예쁜 편지 한 장을 주었다. 그 안에 어떤 내용이 들어 있을지, 그리고 J도 나와 같이 처음에 불안감을 느꼈을지, 온갖 생각을 하며 기대하는 마음으로 집으로 돌아가는 버스에서 편지를 꺼내 읽었다.

발신인에는 J 본인을 '507호였던 너의 영원한 룸메이트'라고 적어 놓았다. 이 첫마디를 읽자마자 눈물을 흘릴 수밖에 없었다. 혼자 방에서 잘 수밖에 없었던 그때의 상황과는 사뭇 다른, 어딘가 벅차오르는 감정이었다. 편지를 읽으니, 그녀도 나와 비슷한 고민을 하고 있었던 것 같다. J도 누군가와 함께 지내는 게 신경 쓰였지만, 내가 배려해 준 덕분에 꽤 편했다고 했다. 그리고 나를 자주 혼자 있게 해서 미안하다고 했다.

J는 2학년에 올라가서는 아예 가정통학을 하게 되었다. 다음 학기에도 같은 방을 쓰고 싶다는 기대는 무산됐지만, 그녀와 계속 잘 지내고 싶다는 기약을 마음에 새겼다. 마지막 새해 인사로 편지는 마무리되었다. 나는 버스에서 내린 후에도 한참 먹먹한 상태로 서 있었다.

어느덧 길고 긴 겨울방학도 끝이 보였다. 추워서 아무 데도 나가지 않고 방에서 달콤한 귤을 까먹으며 행복한 시간을 보내고 있었다. 그때 핸드폰 알림이 왔다. J에게서 온 연락이었다. 그녀는 내게 방학이 끝나기 전에 한번 만나서 놀자고 했다. 할 이야기도 많고, 나와 무엇보다 함께 있는 게 즐겁기 때문이라고 했다. 갑자기 세상이 따뜻해진 느낌이 들었다. 추위가 겁나지 않았다. 이 기쁜 마음을 어떻게 J에게 전할까 고민하며 문자메시지 화면을 열었다.

노래방 소동

이지유

쏟아지는 과제와 수행평가, 시험범위 공부로 11시 30분까지는 입을 꾹 다문 채 학교에서 공부만 한다. 하루 일과를 마친 직후엔 긴장이 풀려 멍한 상태가 된다. 이 친구 저 친구에게 먼저 말 걸고 다니는 스타일도 아닌 데다가 큰 소리로 말하는 때도 거의 없다. 게다가 1학년 1학기까지는 나와 내 룸메이트 둘 다 조용한 편이라 기숙사로 돌아가서도 얌전히 씻고 잠들기를 반복했다.

학기마다 룸메이트가 바뀌어서 1학년 2학기 때는 새로운 룸메이트를 만났다. 처음 2학기 룸메이트와 같은 방에서 자던 그날부터 우리 호실은 우리만의 노래방이 되었다. 여자 기숙사는 한 호실 당 화장실이 한개 뿐이어서 나는 룸메이트가 다 씻고 나오기를 기다리고 있었는데, 룸메이트가 씻으면서 노래를 부르는 것이었다. 룸메도 분명 알 것이다. 화장실에서 노래를 하면 밖에까지 소리가 다 들린다는 걸. 샤워하면서 자기가 좋아하는 노래를 부르는 내 룸메이트가 너무 귀여워서 신나게 씻고 나온 룸메이트에게 "노래 잘 부르시네요."라고 칭찬해 주었다. 정말로 잘 불러서 칭찬해 준 것은 아니고, 재미있어서 말해준 것이었다.

PART1. 기숙사와 룸메이트

사실 나는 집에서 씻을 때도 노래를 부르지 않는다. 하지만 룸메이트가 정말 신나게 노래를 부르니 나도 노래를 부르면서 씻게 되었다. 하루 동안 자고 있었던 성대가 밤이 되어서야 운동을 하는 기분이었다. 한동안은 화장실에서 먼저 씻는 사람이 노래를 부르면 밖에서 씻을 차례를 기다리며 그 노래를 따라서 같이 불렀다. 다음 사람이 씻으러 들어가서도 마찬가지였다. 노래 장르도 다양했는데, J-pop과 요즘 뜨는 아이돌의 신곡, 발라드까지 지루할 틈이 없었다. 나와 룸메이트 둘 다 노래 듣는 것을 좋아해서 그랬던 것 같다. 어떤 날에는 기숙사에서 룸메를 만나면 서로 트로트 노래를 구수하게 부르면서 인사를 나누기도 했다.

하지만 우리가 마음껏 목청 높여 노래를 부르지 못하게 된 사건이 발생했다. 기숙사 호실에 들어와 창문을 활짝 열고 나는 씻으러 들어가고, 내 룸메이트는 엔플라잉의 '옥탑방'이라는 노래를 열창하고 있었다. 그런데 룸메이트가 노래를 하다 말고 갑자기 웃기 시작했다. 샤워를 마치고, 룸메에게 무슨 일이 있었냐고 물었다. 룸메이트는 자기 노랫소리가 옆 호실까지 들려 옆 호실 친구들이 자기 노래를 따라 불러주었다는 것이다. 사감 선생님께서도 우리 호실 문을 열어 보시더니 "노래 부르니?"라고 물어보셨다고 한다. 나와 룸메이트는 민망하기도 하고 재밌기도 해서 한참 웃었다.

룸메이트는 자기가 소음공해를 일으켰다며 미안한 마음에 옆 호실 문을 두드리고 사과를 했다. 다행히 옆 호실 친구가 괜찮다고 해주어서 갈등으로 이어지지는 않았다. 하지만 우리는 이제 노래 부르기는 줄이자고, 부르더라도 창문은 꼭 닫고 부르자고 말했다.

기숙사에 대한 모든 것

김시원

우리 학교는 남녀 공학 기숙사 고등학교이다. 기숙사는 여학생은 2인 1실, 남학생은 4인 1실이다. 기숙사 생활을 하다 보면 정말 다양한 이야기들이 나온다. 그중에서 세 가지를 소개하고자 한다.

1. 기숙사 생활을 하는 친구들 중 라면을 안 먹어본 사람이 거의 없을 정도로, 밤마다 사감 선생님 몰래 라면을 먹는 학생들이 많다고 한다. 나는 아직 먹지 못했지만, 라면 먹는 방법에 대해선 빠삭하게 알고 있다. 친구들에게 들은 이야기가 많기 때문이다. 일단 라면을 먹기 위해선 물이 필요하니 집에서 커피포트나 보온병을 미리 공수해 와야 한다. 학교 1층이나 2층 정수기에서 뜨거운 물을 받아 온다. 그다음엔 사감 선생님이 방을 돌며 취침 전 검사를 할 때까지 기다린다. 검사가 끝난 후, 컵라면과 보온병을 꺼내 라면에 물을 붓고 맛있게 먹으면 끝! 이때 라면은 무조건 컵라면이어야 하고 국물이 없는 종류가 좋다고 한다. 그래야 뒤처리하기 편하니까. 조용히 이를 닦고 아침에 학교 와서 새벽에 먹었던 컵라면 쓰레기들을 분리 배출해서 버리면 뒤처리까지 완벽해진다. 전날 라면을 먹은 친구들은 눈이 땡땡 붓고 볼이 빵빵해진다. 나의 아침을 웃음으로 시작할 수 있는 포인트다.

2. 나는 남자 기숙사 생활이 항상 궁금했다. 그래서 우리 반 일곱 명의 남학생에게 기숙사에 관해서 인터뷰를 진행했다. 그중 공통적으로 나온 내용을 추려 이야기해 볼까 한다. 일단 남자 기숙사는 여자 기숙사와 침대의 위치가 다르다고 한다. 또한 남자 짝꿍의 증언에 따르면 '동물의 왕국' 수준이라고 한다. 기숙사 안에서 라면을 먹는 건 물론이고 전체적으로 친구들끼리 사이가 매우 좋다고 한다. 또 기숙사 복도에서 속옷만 입고 다니는 친구들이 많다고 한다. 사감 선생님이 "속옷 입고 뛰어다니지 말라"고 방송할 정도라고 하니 알 만하다. 아침에는 스피커로 노래 알람이 울리는데 보통 j-pop 노래나 여자 아이돌의 노래가 많이 나오는 편이고 남자애들끼리 떼창을 부르는 경우가 많다고 한다. 내 정서상 이런 모습을 편히 받아들이기 쉽지는 않지만, 색다르게 느껴진다.

3. 우리 기숙사에는 귀신 괴담이 유명하다. 미추홀외고 5기일 때, 지금과 달리 점심시간에 기숙사에 잠시 들어갈 수 있었다고 한다. A가 전날 새벽에 수행평가로 잠을 제대로 자지 못해 점심시간에 밥을 먹는 대신 기숙사에서 잠을 자고 있을 때였다. 잠을 자는 도중, '냠냠'거리는 소리가 들렸다고 한다. 그래서 A는 이 소리의 주인이 자기 룸메이트인 줄 알고 일어나려는 순간 몸이 움직여지지 않았다는 것이었다. 그런데 얼굴 위로 검은 형체가 드리운다는 느낌을 받았고 바로 귀 옆으로 '냠냠'거리는 소리가 들렸다, 살짝 눈을 떠보니 검은 형체가 A의 풀어헤친 머리를 '냠냠' 먹고 있었다고 한다. 그 후 A는 너무 놀라 몸이 굳은 채 계속 눈을 감고 있다가 핸드폰 알람 소리를 듣고서야 몸을 움직일 수 있었다는 소문이 있다.

기숙사 생활을 하다 보면 무서운 이야기, 재미있는 이야기들이 들려온다. 이것 또한 기숙사 생활에 대한 애정이 있기에 만들어지지 않았을까. 사실 나는 타인과 함께 살면 불편하고 불쾌한 일이 생기는 건 아닌지 미리 걱정했다. 하지만 실제는 룸메이트와 감정을 나누며 더 친해지게 되었고, 이전에 나는 생각지 못했던 더 다양하고 색다른 경험을 할 수 있었다. 또한 기숙사에 대한 애정도 깊어졌다.

기숙사 벌점

이지유

특별한 사정이 없으면 월요일 밤부터 목요일 밤까지 기숙사에서 잠을 잔다. 낮에는 학교 본관에서 수업을 듣고, 수업이 끝나면 11시30분까지 자습을 하다가 기숙사로 돌아간다. 남학생과 여학생의 기숙사는 각각 두 건물에 따로 떨어져 있다.

학교에 교칙이 있듯이 기숙사 안에서도 지켜야 할 규칙들이 있다. 예를 들자면 고데기나 과자 같은 반입 금지 물건들이 있다. 그리고 시간에 대한 규칙도 있는데, 12시 25분에는 무조건 불을 끄고 침대에 누워 있어야 하고, 점호 이후의 시간에 다른 호실에 들어가면 안 되고, 라면이나 과자 등을 먹어서는 안 되는 것 등이다.

이를 어길 경우, 벌점을 받을지 안 받을지 여부는 기숙사에서 학생들을 관리해주시는 사감선생님께서 결정하신다. 벌점이 한 달에 10점 쌓이면 기숙사를 못 쓰고 매일 아침 집에서 통학해야 한다. 처음 이 말을 들었을 땐, 자칫 기숙사에서 쫓겨나는 신세가 될 수 있겠다는 생각에 이불 정리도 반듯하게 하고 등교하는 길에 불은 다 껐는지, 창문은 다 열었는지 몇 번씩이나 확인하고 나갔다. 창문 열기나 호실 문 열기와 같은 사소한 것들은 바로 벌점이 매겨지지 않고 모든 호실 문에 붙어있는 호실 상태 점검표에 경고로만 남는다는 건 나중에 알았다.

　1학년 2학기가 시작되고 일주일간 아무 경고도 적혀 있지 않았던 호실 상태 점검표에 룸메이트가 호실 문을 안 열고 가는 바람에 경고 하나가 처음으로 적히게 되었다. 내 룸메이트는 곧바로 내게 사과했다. 우리는 학기마다 룸메이트를 바꾸는데, 학기초이다 보니 서로 어떤 성향인지 잘 몰라서, 벌점 받는 것에 예민한지 몰라서 사과해줬던 것 같다. 하지만 난 그런 것에 전혀 예민하지 않았고, 오히려 그 친구가 가끔은 덤벙대기도 한다는 걸 알고 한층 마음이 놓였다. 나도 한 덤벙 하는지라 혹여나 나 때문에 경고를 받을 수 있으니 좀 긴장하고 있었기 때문이다. 게다가 룸메는 공부를 잘하기로 소문이 난 친구였다. 나는 공부를 잘하면 벌점 관리도 잘 하고 규칙을 절대 어기지 않을 것이란 편견을 가지고 있었던 것 같다. 처음 경고가 적힌 이후로 나와 내 룸메이트 서현이는 꾸준하게 경고를 받고, 매주 아슬아슬하게 벌점 받는 것을 피해갔다. (일주일에 경고가 3회 이상이면 벌점 1점을 받는다.)

　기숙사 규칙 중에는 아침 7시 30분까지 기숙사에서 나와야 한다는 내용도 있다. 6시 30분에 기상송이 울려 다른 학생들이라면 준비하는 시간이 1시간정도 넉넉하게 있음에도 불구하고, 나와 내 룸메이트는 7시가 거의 다 되었을 때 즈음에 설렁설렁 일어나서 7시 27분정도에 아슬아슬하게 기숙사 출구를 통과한다. 이렇게 말하고 보니 우리가 스릴 넘치는 기숙사 생활을 하는 것처럼 들리지만, 너그러우신 사감선생님 덕분에 조금은 편하게 생활하고 있는 것 같다. 사감 선생님들은 우리가 규칙을 조금 어길 때는 종종 못 본 것으로 지나쳐 주시거나, 너그럽게 봐 주실 때도 있다.

　한 번은 현재 내 룸메이트인 현서가 점호 시간(12시 25분)이 지날 때까지도 샤워 후 어지럽혀 놓았던 짐들을 황급히 정리하고 있었다. 사감 선생님께서 우리가 잘 자고 있는지 보러 오실 시간이어서 현서는 "어떡하지?! 어떡하지?!"를 계속 외치면서 화장실과 옷장을 뛰어다니고 있었다. 그러던 순간에 호실 문이 열리고 사감선생님과 현서는 눈이 마주쳤고 현서는 너무 놀란 나머지 꺅하고 소리를 질렀다. 사감 선생님은 혼을 내시거나 벌점을 주시지 않고 네가 왜 소리를 지르느냐고 웃으시면서 말하셨다. 사감 선생님은 한 분이 아니라 여러분이 계셔서 선생님들마다 성향이 다르시지만, 대부분의 사감선생님들은 우리를 통제해야 할 대상으로 바라보지 않는다. 우리를 엄격하게만 대하시지 않고 조카나 딸처럼 생각해주시는 것 같다. 덕분에 기숙사 생활에 잘 적응할 수 있었다.

나의 룸메이트

이지유

우리는 학기마다 룸메이트를 바꾼다. 여자는 2인 1실, 남자는 4인 1실이 정상적인 룸메이트 구성이다. 하지만 종종 룸메이트가 학기중에 가정통학을 하는 경우가 생기기도 한다. 이게 내 이야기가 될 줄은 몰랐는데… 1학년 1학기 고등학교 첫 중간고사가 얼마 남지 않은 어느 날, 여느 때와 같이 11시 30분까지 야간 자율 학습을 마치고 기숙사로 돌아왔다. 방에 들어선 순간 뭔가 이상하다는 걸 알았다. 룸메이트의 살림살이가 있어야 할 곳이 싹 비워져 있었던 것이다.

말도 없이 사라진 룸메이트와 모든 것을 공유하는 돈독한 사이는 아니었다. 둘 다 서로 친해지기 위해 적극적으로 나서는 편도 아니었고, 타인의 눈치를 좀 보는 타입이어서 그랬던 것 같다. 그래서인지 혹시 룸메이트가 이 어색한 분위기가 너무 싫었거나, 아니면 내가 너무 말이 없어서 가정 통학을 하게 되었나 하는 상상을 하게 되었다. 하지만 다음날 룸메이트가 몸이 안 좋아서 기숙사에서 나와 가정 통학을 하게 되었다는 사실을 직접 그녀에게서 들었다. 상상했던 것이 진짜가 아니어서 다행이라고 생각했다.

솔직히 룸메이트가 사라진 후 얼마 동안은 아주 편했다. 샤워 시간을 독차지할 수 있었고, 기숙사 호실 안에서 흐르는 어색한 기류를 깨기 위해 이야깃거리를 생각하는 일도 필요 없었다. 하지만 하루 이틀 시간이 갈수록 기숙사 전체에서 들려오는 하하 호호 웃음소리와 아침 먹을 때 친구들이 들려주는 룸메이트와의 유쾌한 해프닝이 내 외로움을 극도로 치닫게 만들었다. 서로 좋아하는 베스킨라빈스 아이스크림 맛은 무엇인지, 교실에서 무슨 일이 일어났는지, 인기 많은 선생님이 어떤 말을 했는지 등 소소한 담소를 주고 받았던 내 인생 첫 룸메이트였기에 아쉬운 마음도 있었고 나도 학교생활이나 고민거리를 털어 놓을 수 있는 룸메이트를 가지고 싶었다. 다른 친구들은 슬슬 고등학교에 적응도 하고 일상을 나누는 '내 편'이 생긴 것 같은데 나만 혼자 동떨어진 기분이었다.

어느 아침, 기상송을 못 듣는 바람에 늦게 일어나 벌점을 받는 일이 생겼다. 룸메이트가 있었더라면 날 깨워주었을 텐데. 기숙사 호실에서 혼자만의 편한 생활을 즐겁게 여기던 시간은 금방 사라지고, 외롭고 정적만 흐르는 방안이 점점 낯설어졌다.

이렇게 학교 생활을 보내고 있던 어느 날, 기숙사 사감선생님께서 나를 부르셨다. 같은 층 어느 호실의 에어컨이 고장나는 바람에 그 호실의 학생들이 이사를 가야한다며, 오늘부터 내게 새로운 룸메이트가 생긴다는 소식을 전해 주셨다. 그것도 같은 전공어 친구가!

나는 새 룸메가 누구인지는 몰라도, 함께 과에서 일어나는 일들을 이야기할 생각에 신이 났다. 우리 학교는 1,2반이 스페인어과, 3,4반이 프랑스어과, 5,6반이 중국어과, 7,8반이 일본어과로 3년간 같은 전공어 안에서 반이 배정되기 때문에 이번 룸메이트와 내년에 같은 반이 될 수도 있었다. 룸메이트로 같이 생활하면서 더 친해지고 싶었다.

결국 그 친구와 난, 서로 연애 이야기 같은 비밀이야기까지 주고받는 각별한 사이가 되었다. 1학기 첫번째 룸메이트가 일찍 떠나 아쉬웠지만, 곧이어 좋은 인연을 얻기도 했으니, 나쁘기만 한 일은 없는 것 같다.

밥 정

김시원

뽀얀 얼굴, 날렵해 보이는 외모. 새침한 말투와는 다르게 떨림이 있는 목소리로

"'안녕, 내 이름은 000야' 난 프랑스어학과…. 이상하다. 난 분명히 일본어과로 알고 있었는데, 너 스페인어학과였구나, 반가워.. 잘 지내보자! "

내 인생 첫 룸메이트의 첫인상이었다.

내가 입학한 학교는 기숙사가 있는 외국어 고등학교이다. 하이틴웹툰에 나올법한 기숙사학교. 다만 다른 점은 웹툰은 웹툰일 뿐 이곳엔 치열한 입시경쟁이라는 막연한 두려움이 있다. 고등학교 입학 일주일 전, 2인 1실 기숙사의 룸메이트가 발표되었을 때, 설렘과 기대감, 그리고 여러 걱정이 내 머릿속을 휘젓고 있었다.

'혹시 까다로운 아이면 어떻게 하지? 자면서 코를 고는 건 아닐까? 다른 학교 기숙사에서도 룸메이트와 안 좋은 일이 있었다는데...'

나는 엄마에게 고민을 털어놓았다.

"네가 맏이라 너무 착하게 보일 수 있을 것 같아. 순둥순둥하게 생겨서 안 되겠어. '외동딸 컨셉' 어때?"

말이 안 된다고 생각했지만, 한편으론 '하나뿐인 귀한 자식'으로 살아보는 것도 괜찮을 거 같았다.

아무튼 외동딸 컨셉으로 룸메이트를 처음 만났고, 나는 오히려 나보다 룸메이트가 외동인 것 같다고 생각했다. 왜냐하면 목소리가 너무 통통 튀었기 때문이다. 나의 뇌피셜로 여태까지 만났던 나의 모든 외동인 친구들은 모두 목소리가 명랑하고 통통 튀었다. 그렇게 우리의 첫 상견례 이후 학교에 입학하게 되었고 기숙사에 입소를 하게 되었다.

그런데 정말 재미있는 건, 까다로운 것도, 코 골까 봐 걱정했던 것도 생각할 수 없을 만큼 학교에 하루 일과는 책꽂이를 빼곡하게 채운 책처럼 틈이 없었다. 기숙사에서의 첫날 밤, 룸메이트와 대화 나눈 거라고는 화장실 가는 순서를 정한 것뿐이었다.

잠시 눈꺼풀만 붙인 것 같은데 화장실 물소리에 눈을 떠보니 아침 6시 반, 기상 시간이었다. 룸메이트가 화장실에서 나온 후 나도 등교 채비를 했다. 가방을 챙기는 내게 룸메이트가 먼저 "아침 먹으러 가자!"고 말했다.

아마도 그때부터였던 것 같다. 그 아이에 대한 마음이 열리기 시작했다. 평소 아침밥을 먹지 않는 나였지만, 그날 자연스럽게 룸메이트와 아침을 먹으러 갔다. 그날 이후 우리는 고등학교 생활에 대한 걱정, 점심 메뉴는 뭔지, 맛은 어떤지 등 시시콜콜한 일상을 나누었다. 식사를 마치고 각자에 교실로 가는 동안 비록 짧은 대화였지만 서로의 관심사를 알 수 있었고, 낯섦은 점점 편안함으로 바뀌어 가고 있었다. 첫 한 달 동안 내겐 입술을 꼭 깨물고 눈물을 보이지 않으려 했던 시간이 많았다. 나는 내가 제법 공부를 한다고 생각했었다. 그런데 고등학교 입학 후 내가 우물 안 개구리였다는 걸 깨달았다. 여러모로 나보다 월등한 친구들을 보며 어떻게 해야 할지 당황했고, 밀려드는 수행평가에 정신을 차릴 수가 없었다. 집에 있었다면 부모님이나 동생들에게 하소연이라도 할 텐데, 그렇다고 같은 반 친구들에게 말하기에는 나의 알량한 자존심이 허락하지 않았다.

기숙사 생활이 2주 정도 지났을 때, 그날따라 마음이 무척 힘들었다. 잠들기 전 룸메이트에게 공부의 어려움과 나의 부족함 등 이런저런 푸념을 털어놓았다. 룸메이트는 정말 오래된 친구처럼 내 이야기를 끝까지 들어주고 자신의 고민도 이야기하면서, 서로의 마음을 대화로 보듬어 줄 수 있었다.

털털하게 다니는 나와 달리 룸메이트는 일찍 일어나 단장을 시작한다. 요즘 유행하는 MBTI로 따지면 나는 P, 룸메이트는 J다. 신기한 것은 각자 등교 준비를 마치면 딱 밥 먹으러 갈 시간이 된다는 점이었다. 우리는 각자의 반에서 친한 친구가 생겼음에도, 오래된 부부처럼 매일같이 아침을 함께 먹으러 갔다.

힘든 시간이 흘러 7월이 되었고 어느덧 1학기의 마무리가 보였다. 친구들은 룸메이트와 내가 각별한 사이로 보인다며 부러움 섞인 말을 하곤 했다. 우리는 팔짱을 끼고 다니지도 않고, 꽁냥대는 여고생 느낌도 없지만, 서로에 대한 깊은 신뢰감이 생긴 것 같다. 아무래도 '밥정'이 든 게 아닐까 싶다.

내가 어렸을 때, 부모님은 할아버지 집에서 살았다. 엄마는 이걸 '시집살이'라고 했다. 나중에 할아버지에게서 "밥 정을 쌓기 위해서 같이 살았다"는 말을 들었다.

밥정. [밥정]이라는 영화에 따르면 밥으로 정을 나누는 인생의 참맛이라고 표현한다, 이 단어는 누군가에는 그저, 아니 나조차도 누군가와 함께 밥을 먹는 것이 그냥 밥을 같이 먹는 것으로 밖에 보이지 않았다.

같이 밥을 먹는 행위는 지극히 소소하지만, 누군가와 함께 밥을 먹으며 생기는 밥정은 그 사람과 연결하는 고리가 되고, 각별한 사이가 될 수 있는 것 같다. 룸메이트와 나처럼.

지금 나는 2학기를 기다리고 있다. 2학기는 새로운 룸메이트를 만나게 된다. 낯섦에 대한 두려움이 조금 옅어진 걸 보니 나는 꽤 단단해진 것 같다. 누구를 만나든 잘 지낼 수 있으리라는 마음의 여유도 생겼다.

"내 첫 룸메 서은아! 만나서 정말 기뻤어."
표현이 서툴러 직접 말하지 못하지만, 이 말을 나의 룸메이트에게 전하고 싶다.

신이 있다고 생각해?

권나경

때는 느지막한 오후, 학생회 리더십 캠프의 빡빡했던 일정 사이에 잠시 낮잠을 자는 시간이었다. 잠이 안 와 말똥말똥 깨어 있던 난 숙소 로비의 책상에 앉아 나와 같은 처지인 아이들과 대화를 나누었고, 그러다 문득 철학적인 질문을 던졌다.

"너희는 신이 있다고 생각해?"

그러자 이런저런 이야기들이 줄을 지었다. 운명론을 믿는 나 같은 사람부터, 신이 아니라면 이 광활한 세계를 누가 만들었겠느냐는 반문에, 〈신은 죽었다〉라는 책을 추천해 준 과학 맹신론자 친구 이야기까지. 저마다 각자의 논리가 있었다.

가만히 끄덕거리며 이야기를 듣다가, 천천히 입을 뗀 친구가 있었다. 동원이. 평소에도 가끔 엉뚱한 말들로 친구들을 웃겨 주는, 좌중을 압도하는 유머와 불타는 열정으로 자치회부의장에 당선된 동원이. 동원이는 학교에서 꽤 유명했는데, 순수하고 마음씨가 착한 걸로도 그랬지만 '펭권' 내지는 '진또배기'로도 이름을 날렸다. 펭귄이라는 생명체를 너무도 좋아해서 카카오톡 닉네임까지도 '황제펭귄'으로 해놓는가 하면, 학기마다 몇 번씩은 열리는 작은 음악회에서 1학년 때부터 2학년이 된 올해까지 매년 트로트 '진또배기'를 멋지게 불렀기 때문이다.

"난 신이 있다고 생각해."

말투가 사뭇 진지했다. 그러나 동원이는 철학적인 이유를 대거나 유명한 책을 언급하지는 않았다. 대신 이야기를 하나 들려주기 시작했다. 나는 이 이야기를 듣고, 이번 토론에서 동원이가 모두를 이겼다고 생각했다.

지난 학기 동원이의 기숙사 룸메이트 세 명 중 한 명은 중국어과 바울이였다. 바울이는 대학 신학과에 가고 싶어 하는 독실한 기독교 신자로 구김살 없는 성격에 농구를 좋아하는 유쾌한 아이였다. 수업 시간에 선생님에게 지적을 받거나 혼이 나도 바울이는 늘 서글서글하게 애교를 부렸다. 이런 바울이를 선생님들은 좋아했다. 친구들 사이에서도 바울이는 귀염성 있게 어울렸다. 바울이가 시무룩해 있는 걸 보면 다들 의아해할 정도로 해맑고도 해맑은 아이였다.

어느 날, 그런 바울이가 축쳐진 날이 있었단다. 그날은 바울이네 동아리에서 캠페인 활동을 한 날이었다. 바울이는 원래 점심시간에 참여하는 것으로 되어 있었는데, 그걸 잊고 운동장에서 농구를 하다가 그만 캠페인에 참여하지 못했던 것이다. 바울이는 자신의 몫까지 고생한 친구들에게 너무 미안해서, 마음이 영 불편하다고 했다.

그런 바울이를 옆에서 본 동원이는 걱정이 앞섰다. 동원이는 바울이의 기숙사 룸메이트였다. 평소에는 너무 밝아서 탈이던 바울이가 먹구름 가득 낀 암울한 표정으로 있으니 그럴 만도 했다. 기숙사 점호 시간이 지나고 자려고 누운 동원이는 그런 바울이가 너무 마음에 걸려서, 뭐라도 해야겠단 생각에 바울이가 믿는다는 그 '하나님'께 기도를 드려 보기로 결심한다. 평소에도 바울이는 기도하면 하나님께서는 다 들어 주신다며 주위 친구들에게 이야기를 해왔다. 원래 세 개 밖에 못 하는 팔굽혀펴기를, 기도를 한 후에는 다섯 개까지도 거뜬히 할 수 있었다는 거다. 동원이는 종교가 없었지만, 바울이의 그 말들을 기억해 냈다. 그리고 어딘가에서 본 듯한 '기도하는 자세'를 흉내 내며 침대에 쪼그리고 누워 두 손을 모았다.

'바울이의 하나님, 바울이가 기뻐하게 해주세요. 행복해지게 해주세요.'

속으로 막 되뇌었다. 한참을 기도에 열중하고 있는데, 갑자기 동원이 눈앞에 환한 빛이 가득했다. 내 기도에 주님께서 오신 건가? 드디어 신을 만나다니! 동원이는 기대감으로 눈을 떴다.

"야, 너 뭐 하냐?"

"… 기도하는데요."

은혜의 빛이 강림한 줄로 알았던 그 실체는, 다름 아닌 사감 선생님의 손전등 빛이었다. 이 작은 소란에 이불을 뒤집어쓰고 침울해 있던 바울이가 일어났다. 그때까지도 동원이는 기도하는 자세로 쪼그려 앉아 어정쩡하게 사감 선생님을 올려다보고 있었다. 그 광경을 목격한 바울이는 웃음을 참을 수가 없었다. 바울이는 언제 울적했냐는 듯 깔깔거리며 한참을 웃었고 그제서야 동원이도 웃었다.

"그래서 나는 신이 있다고 생각해. 바울이가 기뻐하게 해 달라고 기도했는데, 바로 들어주셨잖아."

동원이의 눈은 확신으로 가득 차 있었다. 나는 거기까지 듣고선, 도통 웃어야 할지 울어야 할지 결정을 내릴 수가 없었다. 입술로는 웃고 있었으나, 왜인지 모르게 눈에는 눈물이 맺혔다. 동원이는 내가 왜 우는지 알 수 없다는 표정으로 나를 달래 주었다. 그냥 그 마음이 너무 예뻐서 그래. 동원이가 건네준 휴지로 눈물을 닦으면서 나는 생각했다. 누군가를 한가득 생각하고 걱정하는 그 마음이 세상에 존재한다는 것이 바로 신이 있다는 증거 아닐까, 하고.

룸메이트와의 첫 만남

정윤아

기숙사 룸메이트는 한 학기에 한 번씩 바뀌어서 고등학교 생활 동안 총 6명의 룸메이트를 만나게 된다. 1학년 첫 룸메이트는 학교에서 임의로 정하고 이후로는 학생이 직접 뽑는다. 학기가 끝나기 전에 기숙사 추첨을 진행하는 것이다.

나는 고등학교 입학이 결정된 직후부터 기숙사 룸메이트 발표를 기다려 왔다. 학교 홈페이지에 룸메이트 발표 공지가 올라오자마자 빠른 속도로 확인했다.

내겐 기숙사 생활에 대한 로망이 있었다. 부모님과 집으로부터 떠나 기숙사라는 새로운 환경에서 독립적인 삶을 살며 룸메이트와 가족보다 더 가족처럼 서로의 비밀, 고민을 이야기하고 잠잘 준비를 하고 불 끄고 침대에 누워서 각자 하루 동안 있었던 일을 이야기하다가 잠드는 것이다. 또한 선배들이 얘기한 거처럼 룸메이트와 기숙사에서 한 번쯤 몰래 라면을 먹어보고 싶었다.

내 룸메이트는 스페인어과 친구였다. 우리는 인스타로 서로를 찾아보았다. 내 또래 친구들은 거의 다 인스타를 사용하기 때문에 상대를 쉽게 찾을 수 있다. 덕분에 룸메와 나는 입학 전부터 온라인으로 인사를 나누고 소통할 수 있었다.

3월 2일은 입학식이자 룸메이트와 처음 만나는 날이다. 나는 기숙사에서 룸메를 만난다는 기대감에 면학 시간이 끝나기 5분 전부터 계속 시계를 쳐다봤다. 얼굴은 어떻게 생겼을지, 어떤 성격일지, 나와 잘 맞을지, 두근두근한 마음으로 룸메이트를 빨리 만나기를 기다렸다.

마침내 기숙사에 도착하여서 룸메이트를 만났다. 처음에는 어색해서 둘 다 아무 말 안 하고 서로의 눈치만 살피고 있었다. 나도 룸메이트도 조금 낯을 가리는 성격이었다. 어색한 침묵 속에서 간신히 꺼낸 대화는, 샤워 순서를 정하는 것이었다. 우리는 하루씩 돌아가며 먼저 씻기로 했다.

차례로 샤워를 마친 후에는 내가 먼저 말을 걸었다. 우리는 아직 서로에 대해 거의 모르기 때문에 알아가야 할 것도 많았다. MBTI, 출신 중학교, 생일, 취미 등 정말 많은 것을 질문했다. 너무 어색했던 나머지, 아까 질문했던 것을 다시 물어보기도 하여 웃음을 터트리기도 했다.

내 룸메이트는 얼굴이 예쁘고 성격과 마음이 모두 아름다웠다. 내 룸메이트는 베이킹을 좋아하며 영어를 매우 잘했다. 다른 공부도 다 잘했다. 또한 내 룸메이트는 춤도 잘 췄다. 우리 학교 댄스 동아리 '디데이'의 부원이다. 총 9명으로 구성되어 있으며 학기 초에 테스트를 봐서 들어 간다. 운동회 때 룸메이트가 춤추는 모습을 보았는데 아이돌처럼 정말 예쁘고 멋졌다. 특히 소녀시대의 '힘내'를 출 때 가장 예뻤던 거 같다. 개인적으로 좋아하는 곡이기도 하고 동아리 전체가 함께 추는 곡이었는데 누가 뭐래도 내 룸메가 가장 잘 춰서 눈이 계속 자동으로 갔던 거 같다.

우리는 점점 더 친해지고 서로 의지하는 친구가 되었다. 하루 중 있었던 재미있었던 일뿐만 아니라 힘들었던 이야기도 나누었다. 내 룸메이트는 스페인어과이고 나는 중국어과여서 동서양의 문화만큼이나 서로의 과 분위기가 달랐다. 룸메에게 듣기로는 서양어과 친구들은 공부를 엄청 열심히 한단다. 쉬는 시간과 점심 시간에도 열심히 공부하는 분위기라고 했다. 그에 비해 동양어과는 무척 활발하다. 특히 우리 과가 심한 것 같다. 나는 가끔 반에 그저 앉아 있는 것만으로도 이 활발한 분위기에 기가 빠질 정도이다. 이런저런 이야기를 하다보면 시간이 훌쩍 지났다. 그래서 우리는 취침 시간이 지난 이후에도 사감 선생님 몰래 소곤소곤 이야기하곤 했다.

학기 중간쯤 되었을 때 룸메이트가 갑작스럽게 가정 통학을 하게 되었다. 무척 아쉬웠지만, 그래도 함께 했던 기간 동안 우리는 서로 웃고 떠들고 의지하며 잘 지낼 수 있어 다행이라 생각한다. 룸메이트 덕분에 기숙사 생활이 즐거웠고 학교 생활에 빠르게 적응할 수 있었던 것 같다.

나 홀로 기숙사

정윤아

내 첫 룸메이트는 나와 잘 맞는 친구였다. 그런 점에서 나는 행운아였다. 하지만 끝까지 함께 하진 못했다. 중간고사를 앞두고 룸메이트의 건강이 안 좋아져 가정 통학을 하게 된 것이다. 결국 난 기숙사를 혼자 쓰게 되었다.

룸메이트가 아파서 집에 가는 날이 많아지면서, 어디가 왜 아픈 건지 너무 걱정되었다. 어느 순간부터 기숙사에 갈 때마다 '오늘은 룸메이트가 기숙사에 올까 안 올까' 생각하는 것이 일상이 되어 버렸다. 룸메이트가 오지 않는 날, 혼자 덩그러니 기숙사에 있을 때면 쓸쓸함이 밀려왔다.

룸메이트가 며칠 동안 안 왔던 적이 있었다. 나는 룸메이트가 너무 걱정되었다. 그런데 어느날 기숙사에 돌아와 보니 룸메이트의 짐이 다 사라져 있었다. 마치 처음 기숙사에 왔을 때처럼, 룸메이트라는 존재가 애초부터 아예 없었다는 듯 완전히 깨끗한 상태였다. 나는 당황스러우면서도 믿기지 않아 룸메이트의 장롱, 화장실, 서랍들을 모두 열어 보았다. 역시 아무것도 없었다. 텅 빈 룸메이트의 공간을 확인하고 나니 허

무했다. 그래서 한참을 가만히 서서 룸메이트의 침대를 쳐다보며 서 있었다.

'이제 나는 혼자서 지내야 한다. 힘들 때 의지가 되어준 룸메이트, 밤새 도란도란 이야기를 나누던 룸메이트는 이제 없다.'

처음에는 쓸쓸했다. 그래도 그냥 지내다 보니 점점 무뎌졌다. 하지만 가끔 옆방에서 룸메이트끼리 떠들며 까르르 웃는 소리를 들을 때, 친구들이 룸메이트와 라면을 먹고 영화를 봤다는 말을 들을 때, 그들이 부러웠고 나도 룸메이트가 다시 생겼으면 좋겠다고 생각했다.

물론 오랫동안 혼자 지내다 보니 좋은 점도 있었다. 우선, 기숙사에서 여유 시간이 생긴다. 원래는 기숙사에서 샤워하기 전후 룸메와 이야기를 나누고 룸메이트가 먼저 씻는 날에는 나는 순서를 기다려야 한다. 룸메이트와 나, 두 명이 잘 준비를 다하고 나면 거의 취침 시간이 다 되어서 바로 잠자리에 들어야 한다. 취침 준비 시간은 11시 30분부터 12시 25분, 총 55분이다. 룸메이트가 없으니 나만 씻고, 잘 준비하면 된다. 씻는데 20분 정도 걸리니 25분에서 30분 정도의 시간이 남는다. 피곤할 때는 자고, 시험 기간에는 공부를 하고, 평소엔 미니 국어 모의고사를 풀거나 글을 쓴다. 이 시간이 은근히 유용하고 행복한 거 같다.

둘째, 혼자만의 시간을 보낼 수 있다. 기숙학교 특성상 항상 친구들과 같이 다닌다. 밥 먹을 때, 잘 때, 공부할 때. 모든 일상에 친구들이 함께한다. 이건 좋기도, 나쁘기도 하다. 혹시 상대가 나 때문에 불편하거나 화가 나지는 않을까, 항상 상대를 배려하고 모든 행동을 조심해야 하기 때문이다. 이렇게 행동 하나를 조심하며 사는 것은 신경이 많이 쓰이고 피곤한 일이다. 이런 삶 속에서 혼자만의 시간을 보내는 것은 내게 행복과 편안함을 가져다준다. 기숙사에서 즐기는 혼자만의 시간은 피로한 인간관계 속에서 잠시의 여백을 만들어 준다.

셋째, 기숙사에서 내가 하고 싶은 대로 생활할 수 있다. 아무리 룸메와 허물없고 친한 관계라 하더라도 꼭 지켜야 할 선은 있다. 먼저 씻는 날에는 룸메이트도 씻어야 하니 최대한 빠른 속도로 씻는 것, 다 씻고 화장실 안에서 옷을 갖춰 입고 나오는 것, 물건 사용하고 최대한 내 공간에 두고 잘 정리하는 것 등 룸메이트를 향한 예의를 지키고 계속 배려해야 한다. 또, 혹시 내 행동 때문에 룸메이트가 불편하지는 않을지 계속 생각하고 눈치도 봐야 한다.

이와 달리 혼자 있을 땐 천천히 여유롭게 씻고, 기숙사의 모든 공간을 자유롭게 사용한다. 다음 날 입을 옷을 미리 룸메이트가 쓰던 침대 위에 놓아둘 수 있고, 비좁고 눅눅한 화장실이 아닌 방에서 옷을 갈아입을 수도 있다.

하지만 이런 것은 '사소한 기쁨'에 지나지 않았다. 중간고사가 끝나고 마음의 여유가 생기자 혼자 지내는 것이 점점 더 쓸쓸해졌다. 면학이 끝나면 친한 친구의 기숙사에서 놀다가 11시 40분 점호 방송이 나오면 그제야 내 방으로 돌아오곤 했다. 하도 많이 가다 보니 친구의 룸메이트와도 매우 친해질 정도였다. 이런 일상은 점점 당연한 일이 되었다. 나는 내 기숙사에 들어가는 것처럼 친구네 방에 자연스럽게 들어갔다.

어느 날 기숙사 사감 선생님이 나를 불렀다. 에어컨이 고장 난 방들이 있어 그 친구들의 방을 바꿔줘야 한다며, 기숙사를 다른 친구와 함께 써야 한다는 것이었다. 새로 만나게 된 룸메이트는 같은 반 친구였다. 각자 같이 노는 무리가 달라서 그리 친하지는 않았다. 그런데 함께 기숙사를 쓰다 보니 점점 친해졌다. 서로 고민을 나누고 비밀들을 공유하는 사이가 되었다. 연애 상담과 학교에서 재미있었던 일들을 이야기하곤 했다.

혼자 지내는 것은 남들 눈치 안 보고, 내가 하고 싶은 대로 막 할 수 있다는 장점이 있지만, 외로움은 너무나도 큰 단점이다. 의지하고 마음을 나눌 수 있는 룸메이트가 있다는 것은 좋은 일인 거 같다. 졸업할 때까지 계속 마음이 맞고 좋은 친구와 룸메이트를 할 수 있었으면 좋겠다.

생일 전날

이한슬

"얘들아, 가자"

매일 밤, 오후 11시가 되면 사감 선생님은 항상 교실 복도에서 이 말씀을 하신다. 오늘도 어김없이 복도에서 기숙사로 가자는 소리가 울려 퍼졌다. 나는 하던 공부를 끝내고 책상을 정리하며 하루를 마무리하고 있었다. 친구들이 손에 알록달록 예쁜 편지지를 들고 나에게로 다가왔다.

"생일 미리 축하해, 기숙사 들어가서 12시 되면 꼭 읽어봐!!" 수줍게 편지를 건네주는 친구들의 모습이 낯설었던 탓인지, 나는 괜스레 부끄러워졌다.

"고마워, 잘 읽을게"

교실에서 나와 기숙사로 가는 짧은 시간 동안, 나는 나의 가장 친한 친구 S와 대화를 나누었다. 오늘 하루는 힘들었다고, 내일 급식이 맛있을 것 같다고, 내일 금요일이어서 기분이 좋다고 이야기를 하며 기숙사로 향하였다.

PART1. 기숙사와 룸메이트

북적북적한 기숙사 복도에서 S와 "잘 자"라는 인사를 나누고 헤어지려는 찰나, S는 기숙사 오는 내내 감추고 있던 편지를 건네었다.

"한슬아, 생일 축하해"

나는 얼떨떨하기도 웃기기도 하여 어정쩡한 웃음이 나왔다.

S와 나의 생일은 딱 일주일 차이가 난다. 지난주 목요일, S의 생일 전날 기숙사로 가기 전, 교실에서 친구들은 S에게 편지를 주고 있었다. 생일 편지를 받고 기뻐하는 S를 보며 "나는 언제 줘야 하지?" 하며 기회를 살폈다. 나도 S에게 기숙사로 가기 전 편지를 건네려고 미리 준비했는데, 친구들 때문에 타이밍을 놓쳐버렸다. 사실 나는 누군가에게 마음을 전한다는 것이 낯간지럽고 어색하다. 그래서 망설이느라 편지를 전달하지 못하고 있었다. 결국 기숙사에서 헤어지기 바로 직전에 편지를 줘버렸다. S는 상상도 못 했는지 깜짝 놀란 표정이었다. 고맙다는 S의 말을 듣자마자 나는 후다닥 내 방으로 가버렸다.

지난주 S의 생일 전날 내가 그랬던 것처럼, S도 똑같이 편지를 건네주었다. 내가 S에게 편지를 건넨 후 딱히 이에 대한 대화를 한 적이 없었는데, S의 편지를 받자마자 짐작할 수 있었다. 내가 준 편지가 S에게 고마움과 감동으로 다가갔다는 것을. 자신이 받았던 그 감정을 나도 느낄 수 있도록 해 준 것 같아서, 나도 감사히 그 감동을 느꼈다.

친구들이 전해준 마음을 가득 안고 방으로 들어갔다. 나의 룸메이트는 화장실에서 노래를 흥얼흥얼 부르며 씻고 있었다. 나는 룸메이트가 부르는 노래를 따라 부르며 잠옷으로 갈아입고 침대에 누웠다. 친구들에게 받은 편지를 읽으며 룸메이트가 나오기를 기다리고 있었다.

"너 덕분에 이 학교에서 버틸 수 있었어."
"미추홀에서 너를 만난 건 정말 큰 행운이야."
"항상 빛날 너의 미래를 내가 힘차게 응원할게."

편지마다 나를 위한 사랑이 가득한 말들이 적혀있었다.

"나도. 나도 너희를 덕분에 여기서 버틸 수 있었어."

나는 혼자 중얼거렸다.

우리는 월요일 아침에 등교해서 5일 동안 학교에서 지낸 후 금요일 밤 9시에 하교한다. 너무 많은 수행평가와 방대한 양의 시험 범위, 치열한 등급 싸움에 나는 곧잘 숨이 막힌다. 중학교 때는 친구들과 수업 끝나고 떡볶이를 사 먹기도 하고 카페에서 이야기 나누는 즐거움이 있었는데, 기숙사 학교에서는 절대 할 수 없다. 학교 창문 밖으로 친구들과 삼삼오오 모여 하교하는 다른 학교 학생들을 보면 부럽기도 했다. 매일매일 얼굴을 보고 의지해 왔던 가족들도 학교엔 없기에, 아무리 힘든 일도 오로지 혼자 감당해야 했다. 이런 것들이 나를 외롭게 했다.

그러나 많은 과제와 시험으로 숨이 막힐 때마다 친구들이 보내준 공감과 위로, 학교 주변을 산책하며 이야기를 나눈 순간들 덕분에 나는 숨 쉴 수 있었다. 비록 낮에 하교하여 같이 노는 기쁨은 사라졌지만, 오랜

시간 함께 지내며 자연스럽게 쌓인 추억들이 다른 학교 학생들을 향한 부러움을 달래주었다. 또한 의지할 곳이 없어 힘들 때, 친구들은 같이 울어주고 안아주며 새로운 가족이 되어주었다.

"직접적으로 말한 적은 없지만, 우린 서로가 서로를 감사하게 여기고 있었구나. 우린 이 힘든 고등학교 생활에서 서로의 버팀목이었구나."라는 것을 깨닫고 눈물이 나고 말았다.

친한 친구의 생일이 되면 가장 먼저 축하 해주고 싶은 마음에 생일 당일 오전 12시가 되기를 기다려 곧바로 연락을 하곤 한다. 하지만 우리는 학교에 있는 동안 핸드폰을 반납한다. 물론 아이패드나 노트북을 사용할 수 있지만, 기숙사에는 전자기기를 가져갈 수 없고 와이파이도 안되니 연락할 방법이 없다. 다른 기숙사방 출입 역시 금지되어 있다. 그러니 다 같이 기숙사에서 살더라도 룸메이트가 아니면 가장 먼저 축하를 전하기는 어렵다.

그래서 우리가 선택한 방법이 바로 "편지"였다. "12시 되자마자 읽어!!"라고 말하며 건네는 편지. 그런 마음이 너무 예뻐서, 내용마저도 너무 감동적이어서 나는 가슴 속에 이를 새겨 놓으려고 친구들의 편지를 몇 번이고 다시 읽어 보았다.

"한슬아, 뭐하고 있었어?"

룸메이트가 다 씻고 나와 나에게 말을 걸었다. 나의 첫 번째 룸메이트인 Y와 나는 책을 좋아한다는 공통점이 있다. 그래서 서로 책을 추천해

주거나 자신이 읽고 있는 책 이야기를 하며 하루를 마무리하곤 했다. 평소 같으면 나는 Y가 화장실에서 나올 때까지 책을 읽고 Y가 나오면 그 책에 대해 이야기했을 거다. 그런데 오늘은 내가 책이 아닌 편지를 읽고 있으니 Y가 의아해 할만도 했다.

"그 편지들은 다 뭐야?"

"사실 내일이 내 생일이거든. 그래서 친구들이 편지를 써줬어. 하하."

"뭐??? 생일이라고?? 왜 말 안 해줬어!!"

"그게 지금이 시험기간이기도 하고.."

Y는 미리 알려줬더라면 성대한 생일 선물을 준비했을 것이라며 서운해했다. 나는 미안하다고 말하고 화장실에 들어가 샤워했다.

"Y야 뭐해?"

"아 조금만 더 늦게 나오지!! 너 생일 편지 쓰고 있었단 말이야!!"

Y는 침대에 웅크리고 앉아 내가 좋아하는 분홍색에 귀여운 곰돌이가 그려진 메모지에 편지를 쓰고 있었다.

"조금만 기다려, 거의 다 썼어."

몇 분 뒤, Y는 나에게 편지를 건네며 생일 축하한다고 말해주었다.

"학교생활도 기숙사 생활도 전부 힘들었는데, 너의 위로가 정말 도움이 되었어. 덕분에 적응도 잘했고. 나의 첫 룸메이트가 너여서 정말 좋아."

편지를 읽으니 그동안 기숙사에서 Y와 늦게까지 이야기 나누며 잠들던, 박장대소하며 웃었던 추억들이 마치 영상처럼 지나갔다. "기숙사는 잠만 자는 곳"이라는 말이 있다. 밤 11시에 들어가 12시 20분이 되면 잠을 자야 한다. 그 사이 1시간 20분도 두 명이 씻고 잠잘 준비를 하면 이야기 할 시간이 20분 정도밖에 없다. 딱 20분 정도만 이야기 나눴을 뿐인데, 그동안 나눈 추억이 이렇게 많을 줄 몰랐다. 함께 잔다는 게 생각보다 큰 우정을 만들어 주기도 한다는 생각이 들었다.

"고마워, Y야. 나도 내 룸메이트가 너라서 정말 좋아."

Y는 잠들기 전까지 내게 생일 축하한다고 말해주었다.

엄마가 생일 때마다 끓여주던 미역국, 아빠가 사주던 생일 케이크 없이 학교에서 보낸 첫 번째 생일. 친구들과 룸메이트가 건넨 편지 덕분에 행복한 기억으로 남았다.

미추홀 괴담

이한슬

"우리 학교가 생긴 지 얼마 안 됐을 때, 한 여학생이 기숙사에서 기이한 일을 겪었어. 그 학생은 1학년이었고 입학 전 2월 말 학교 적응 기간에, 미리 학교에 가 있던 시기였지. 그 애는 룸메이트 없이 기숙사를 쓰는 중이어서 혼자 외롭게 잠을 자곤 했지.

그날도 여느 때와 다름없었어. 야간 면학을 마치고 기숙사로 돌아와 씻을 준비를 했대. 그 애 어머니는 무당이었는데 그 애에게 항상 지니고 다니라며 염주를 주셨대. 그래서 씻기 전에 항상 염주를 두 개의 수건 사이에 포개놓고 화장실로 들어갔지.

그날따라 씻는 동안 계속 서늘한 느낌이 드는 거야. 그래서 평소보다 일찍 씻고 나왔어. 근데 뭔가 이상한 느낌이 들었어. 분명 평평하게 둔 수건이 돌돌 말려져 있는 거야. 그 애는 '내가 수건을 말아뒀나?'하며 의아하게 생각했지. 수건을 펴보니 그 안에는 염주가 들어있었대. 누가 수건을 말아둔 걸까. 혼자 쓰던 그 기숙사에서."

"그게 뭐야. 그냥 자기가 돌돌 말아놓고 까먹은 거 아니야?" 정인의 이야기에 말도 안 된다며 승민이 말했다.

일과를 마치고 기숙사에 모여 잠자기 전, 룸메이트 4명이 모여 이야기를 나누고 있었다. 오늘의 이야기 주제는 "무서운 이야기"였다. 정인은 오늘 미술시간에 선생님께서 학교 괴담을 말해주셨다며 이 이야기를 해주었다.

"모르지. 귀신이었을지도. 선생님께서 하나 더 말씀해 주셨는데 들어볼래?"

"그래. 취침 점호까지 시간이 남았으니 하나 더 말해줘" 평소 무서운 이야기를 좋아하던 민호는 정인의 이야기가 재밌었는지 하나 더 말해달라고 했다.

"한 학생이 한밤중에 기숙사에서 눈을 떴어. 그런데 이상하게 몸이 안 움직이는 거야. 손도 안 움직이고 몸도 마치 누가 위에서 자기를 누르고 있는 것처럼 무거워서 움직일 수가 없었어. 가위에 눌린 거지. 다행히 눈은 움직여져서 방을 요리조리 살피며 무슨 일인지 확인하려고 했지. 바로 앞에는 현관문, 그 옆에는 화장실, 그리고 옷장... 옷장을 본 순간 그 학생은 아무 말도 할 수 없었어. 분명 옷장 문을 닫고 누웠는데 옷장 문이 열려 있었고, 거기서 갑자기 사람이 나오는 거야. 그 사람이 방을 돌아다니는데, 자신의 몸은 꼼짝도 하지 않고. 너무 무서워서 눈을 꼭 감고 아침이 오기를 기다렸대."

"와, 너무 무섭다. 우리 그만 이야기하자 제발." 평소 무서운 이야기를 극도로 싫어하던 현진은 오늘 잠을 못 잘 수도 있으니 여기서 멈추자고 했다.

"에이 뭐가 무서워."

"그니까. 그냥 피곤해서 헛것을 본 건 아니고?"

"모르는 거지. 사실인지 아닌지는." 세상에 귀신이 없다고 생각하는 민호와 승민의 말에 정인이 말했다.

"아아, 현재 시각 12시 25분입니다. 취침 점호 시작하겠습니다."

기숙사 천장에 있는 스피커에서 취침 점호를 알리자 네 명은 불을 끄고 잠자리에 들었다.

"승민아, 일어나봐!"

새벽 3시 30분. 모두가 자고 있는 이 시간에 현진이 다급한 목소리로 승민을 깨웠다.

"음.. 왜..? 왜 깨웠어."

"아니 내가 에어컨 바람이 너무 추워서 잠에서 깼는데, 깨어나 보니 내 이불이 사라졌어. 내 이불 좀 같이 찾아줘. 나 지금 무서워."

겁에 질린 현진을 보고 승민은 졸린 마음을 뒤로 한 채, 함께 이불을 찾아주었다. 그러나 어두컴컴한 방에서 이불 찾기는 너무 어려웠다. 불을 켜면 자고 있는 나머지 두 명이 깰 것 같아 현진과 승민은 LED 조명이 있는 탁상시계로 구석구석 비춰보며 이불을 찾아보았다.

신발 서랍장. 침대 아래 서랍장. 화장실. 어느 곳에도 이불은 없었다.

"하.. 어디 있는 거야.." 금방 찾고 빨리 잠을 자려던 승민은 좀처럼 이불이 보이지 않자 짜증이 나기 시작했다. 그런데 문득 오늘 자기 전 들었던 괴담 하나가 생각이 났다.

"옷장에서 사람이 나오더래."

'설마. 옷장에 있진 않겠지.'라고 생각하며 승민은 옷장 문을 열어 봤다.

승민과 현진은 아무 말도 할 수 없었다. 옷장에는 현진의 이불이 돌돌 말려 넣어져 있었다.

'누가 한 거지? 사감 선생님을 불러 올까. 자고 있는 애들을 깨워 볼까.' 가지런하게 말린 이불을 보고 소름이 돋은 승민은 지금 당장 어떻게 하는 게 좋을지 고민하였다. 하지만 지금은 모두가 자고 있는 새벽. 누구를 깨울 수는 없는 상황이었다. 결국 내일 아침에 다시 이야기하기로 하고 잠자리에 들었다.

6시 30분, 천장에 달린 스피커에서 기상 송이 들려온다. 모든 룸메이트들이 잠에서 깨었고, 네 명이 모여 긴급회의를 했다.

"오늘 새벽에 현진이 이불이 옷장에 돌돌 말려진 채로 있었어. 혹시 너희가 한 거야?" 승민이가 심각한 목소리로 말했다.

"뭐? 난 그냥 잤는데. 뭐지?" 민호가 깜짝 놀라며 말했다.

"나도 그냥 잤어. 혹시 귀신 아닐까? 우리 어제 귀신 이야기했잖아. 돌돌 말려 있는 것도 그렇고 옷장에서 나온 것도 그렇고. 우리가 한 이야기랑 너무 비슷한데."

"그러게, 진짜 귀신인가?" 정인과 승민도 거들었다.

"귀신은 무슨 귀신!!!! 괜히 무섭게 만들지 마!! 이미 충분히 무섭단 말이야!" 무서운 마음에 현진은 화를 내며 문을 쾅 닫고 나가버렸다. 현진은 학교에서도 도저히 무서움을 떨쳐낼 수가 없었다.

'나 오늘은 또 어떻게 자냐.. 하...'

"얘들아 11시야. 이제 기숙사 가자!!"

야간 면학이 끝났다며 기숙사로 돌아가자는 사감 선생님의 말에 현진은 신나기보다 더 두려운 마음이 들었다. 무거운 발걸음으로 기숙사로 돌아가 선생님께 어제 있었던 일을 털어놓았다.

"사감 선생님, 저 진짜 무서워요!! 제 이불이 옷장에 들어가 있었다고요!! 그것도 돌돌 말려진 채로요!!"

"맞아요. 저도 봤어요." 옆에 있던 승민이 말했다.

"...기숙사에 귀신이 있진 않을 텐데. 또 그런 일 있으면 선생님 꼭 부르렴."

현진은 여전히 무서움을 떨쳐낼 수 없었다. 그러자 누군가 말했다.

"아무래도 안 되겠다. 우리 귀신이 절대 못 오도록 하자."

"뭐? 어떻게?"

"일단, 우리 4명의 캐리어로 십자가를 만드는 거야. 그리고 그걸 방 한가운데에 두는 거지. 아, 나 천주교여서 십자가상도 항상 가지고 있는 거 알지? 그것도 오늘은 놓아두고 자자. 그럼 귀신이 안 오겠지."

그렇게 네 명은 만반의 준비를 하고 잠을 잤다.

다음 날, 다행히 아무 일도 일어나지 않았다. 4명은 안심하며 학교 갈 준비를 했다.

"이불이 어떻게 자기 혼자 옷장에 들어가 있겠어? 발이 달린 것도 아 닌데. 너네 4명 중 한 명이 장난친 거 아니야?"

정말 무서운 일을 겪었다며 현진은 같은 반 친구들에게 이 사건에 대 해 말해 주었다. 친구들은 누가 장난친 게 분명하다고 했지만, 룸메 4명 모두 자신은 범인이 아니라고 아주 진지하게 말하는 탓에 모두가 이 사 건이 진짜 일어난 일이라고 믿게 되었다. 그리고 1년이 지난 지금까지 도 이 이야기를 꺼내면 현진은 정말 무서워하며, 다시는 그 이야기를 꺼 내지 말라고 화를 낸다.

그렇게 미추홀 괴담에 새로운 이야기가 추가되었다.

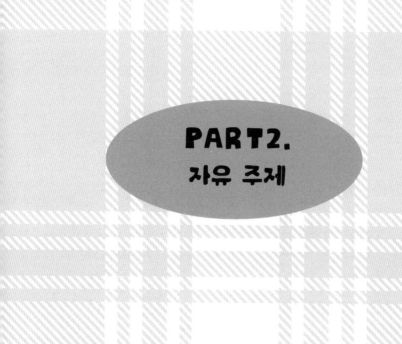

PART2.
자유 주제

앞니, 깨져 본 적 있어?

권나경

운수 좋은 날이었다. 시험까지 고작 일주일밖에 남지 않은 토요일. 교사인 엄마는 새벽부터 임용시험 감독을 하러 나가 연락 두절, 축구광인 아빠와 남동생은 월드컵을 보러 카타르로 날아가 집에는 나만 혼자 덜렁 남겨져 있었다.

아침잠 많은 내가 8시 알람에 맞춰 눈을 뜬 건 사실 기적 같은 일이었다. 제때 일어났다는 사실만으로도 기분이 좋았다. 그리고 이번 시험을 제대로 대비해 보겠다는 굳은 결심으로 얼른 나갈 채비를 시작했다. 9시까지 스터디 카페에 도착해서 1교시부터 시작하는 학교 시간표에 맞춰 알차게 공부할 계획이었다. 오늘따라 유난히 눈이 쉽게 떠졌으니, 계획 실천의 첫 단추를 훌륭하게 꿴 셈이었다. MBTI 테스트에서 단 한 번도 P(계획하기를 기피하는 유형이다)를 놓친 적 없는 나로서는 스스로 칭찬, 또 칭찬할 일이라고 생각하게 되었다.

가벼운 발걸음으로 버스 정류장까지 걸었다. 하늘은 파랗고 날씨는 화창했다. 선선한 바람이 나에게 "잘했다"며 쓰다듬어 주는 것 같았다. 블루투스 이어폰을 양쪽 귀에 꽂았다. 좋아하던 뮤지컬 넘버를 틀었다.

'코끝 가득 바람 불어넣고 시원한 햇살 받으며, 설레는 가슴 끌어 안고' 하는 가사가 날씨와 참 잘 어울렸다.

나는 버스 맨 앞자리에 앉았다. 평소에도 이 자리에 앉아 커다란 앞쪽 창문으로 풍경 보는 걸 좋아했다. 마치 내가 자전거를 타고 도로를 누비는 것 같은 기분이 든다. 버스에서 내려서는 아침 공기가 너무 상쾌해서 이어폰 음량을 더 키웠다. 고개를 빳빳이 들고 걸으며 속으로 노랫말을 따라 불렀다.

스터디 카페에 자주 다니다 보니 건물로 가는 지름길도 알게 되었다. 상가 하나를 통과해서 가면 된다. 나는 유리로 된 문을 통과해 상가 안으로 들어갔고, 나오면서도 열린 유리문 사이로 유유히 걸어 나왔다. 아니, 나왔어야 했다.

꽈당. '어, 뭐지?' 내 몸이 뒤로 휙 넘어갔다. 이마가 얼얼했다. 아픈 것보다도 먼저 당황스러웠다. 고개를 들어 보니 열려 있었어야 할 유리문이 닫혀 있었다. 그러니까 도시 빌딩의 유리창에 충돌해 쓰러진 새처럼, 나도 당해 버린 거다. 이어폰에서 흘러나오던 음악과 아침 공기에 너무 심취한 나머지 닫힌 유리문을 못 보고 부딪혀 넘어지다니. 다행히 주위에는 아무도 없었다. 아무도 못 봤을 테니 부끄럽지는 않았다. 오히려 '어제 여기 청소해 주시는 분께서 정말 열심히 닦으셨나 보다. 유리가 진짜 투명하네.' 이런 실없는 생각이 들면서 헛웃음이 나왔다.

사실 이렇게 여유를 부릴 때는 아니었다. 귀에서 빠져 나온 블루투스 이어폰은 이미 대리석 바닥에 부딪혀 형체가 전부 뭉개져 있었고, 마스크를 벗어 보니 피가 묻어 있었다. 그리고 세상에! 벗은 마스크 안에서 내 치아 조각이 나왔다! 이렇게 상태가 심각한데도, 머리를 너무 세게 부딪힌 건지 웃음만 나왔다.

일단 카메라 앱을 켜서 셀카모드로 내 상태를 확인했다. 입술이 터져 있었고, 오른쪽 앞니가 약간 깨져 있었다. 이 상황을 엄마나 아빠에게 알리고 도움을 받고 싶었지만, 엄마는 지금 한창 시험 감독 중이었고 아빠와 할머니, 동생은 중동의 어느 호텔에서 새벽잠을 자는 중이었다.

급한 대로 내 얼굴 사진을 찍어 친구에게 전송했다.

'나 이제 어떡함?' 친구가 금방 답장을 했다. 자초지종을 설명했더니, 친구 부모님이 내게 치과에 먼저 가 보라고 하셨다. 그렇다. '나 혼자' 병원에 가야 하는 거였다.

우선, 지도 앱을 켜서 9시 오픈인 치과를 근처에서 찾았다. 치아 엑스레이를 찍고, 의사 선생님을 만났는데, 나중에 부모님과 함께 와서 치료하면 된다며 그냥 가 봐도 좋다고 하셨다. 두 개의 대문니 중 오른쪽이 왼쪽보다 조금 더 튀어나와 있었는데, 그래서 오른쪽 앞니가 먼저 부딪혀 부러진 거라고 설명을 해주셨다. 아, 그랬구나! 사실 앞니가 고르지 않은 건 이미 알고 있었다. 교정을 할까, 고민하기도 했었으니까. 나는 우스꽝스러운 앞니를 마스크로 가리고, 깜박할 뻔한 수납을 허겁지겁 한 다음 밖으로 나왔다.

이번엔 머릿속을 확인할 차례. 나는 건강 염려증이 있는 편이라 혹시

뇌진탕이라도 걸려 죽을까 봐 두려웠다. 곧장 다른 병원을 찾아갔다. 또 무슨 엑스레이 같은 검사를 하고, 혈압을 쟀다. 의사 선생님은 멀쩡해 보이니까 집에 가라고 말했다. 일단 마음이 놓였다.

오는 길에 컵 떡볶이를 하나 사 먹고, 아직도 띵한 머리를 부여잡으며 스터디 카페로 갔다. 혹시라도 내가 몇 시간 안에 갑자기 기절한다면, 집에서는 119를 불러 줄 사람이 아무도 없었으니까. 여기 있으면 누군가 나를 발견해 주겠지, 하는 기대를 하면서.

다행히도 다음날까지 나는 아무렇지 않았다. 엄마와 함께 치과에 가서 앞니를 때웠다. 거울을 보고서 내 앞니가 무척 단정해진 걸 알았다. 오른쪽 이를 때우면서 왼쪽 이에 모양을 맞추다 보니, 앞니가 마치 교정한 것처럼 정갈해진 것이다. 이렇게 만족스러울 수가! 미소가 한층 아름다운 사람이 되었다는 것에 스스로 뿌듯함을 느꼈다. 그리고 나는 질릴 때까지 이 이야기를 학교 친구들이며 학원 친구들에게 들려주었다. 친구들은 하나같이 웃었다. 내 생애 남을 웃길 수 있는 에피소드 하나를 적립한 것 같아 흡족한 마음이 들었다. 그 이후로 나는 새로운 친구를 사귀면 꼭 "앞니 깨져 봤어?" 하고 물어본다. 내가 가진 몇 안 되는 웃긴 이야기를 들려주고 그 애의 앞니가 보이도록 활짝 웃는 모습을 보고 싶어서 말이다.

어떤 기억들

권나경

내가 태어나고부터 우리 가족은 커다란 집에서 3대가 모여 살았다. 할머니, 할아버지, 엄마, 아빠, 삼촌, 동생, 그리고 나까지. 할아버지가 데려다 키우시던 금붕어나 거북이 등 짧게 스쳐 지나간 생명들까지 하면 열 손가락으로 다 못 셀지도 모르겠다. 엄마, 아빠가 모두 일을 하러 나가면 나와 동생은 할머니, 할아버지와 내내 함께했다. 어린이집에 다닐 때도, 유치원에 다닐 때도, 초등학교에 다닐 때도, "나 왔어!" 하면 나를 맞아 주시던, 엄마나 아빠가 나를 혼낼 때에도 내 마음을 알아주시던 나의 또 다른 엄마, 아빠.

나는 '할머니', '할아버지'라는 말보다 '할매', '할배'라는 말을 더 먼저 배웠는데, 그건 '쌀'을 '살'로, '확대'를 '학대'로 발음할 정도로 부산 사투리를 쓰시는 할아버지 덕분이었다. '할아버지', '할머니'라는 호칭과 존댓말을 쓰기 시작한 건 아마도 중학생이 되고 난 다음부터였을 거다. 서서히 사춘기가 지나가고 내가 외국에 살게 되면서 자주 뵙지 못하게 되었을 즈음이다. 그전까지는 "할매, 할배! 뭐 해?" 하고 아주 철없이 굴었다는 말이다.

내가 아주 어릴 때, 그러니까 아직 초등학교에 입학하기도 전에 할아버지께서는 아파트 경비원 일을 하셨다. 밤샘 근무를 하신 날이면 집으로 돌아와 하루 종일 주무시곤 하셨는데, 가끔 쉬는 날에는 나와 동생, 할머니를 새파란 용달차에 태워 온갖 꽃 축제나 트로트 행사에 데리고 가셨다. 너무 어릴 적이라 기억은 없지만, 매립지 꽃 축제에 갔다가 KBS 뉴스 기자를 만나 나를 안고 인터뷰도 하셨단다. 가끔은 집에서 된장찌개를 끓이기도 하셨던 것 같은데, 경비를 서면서 자주 끓여 드신다고, 다른 건 몰라도 라면과 된장찌개 끓이는 건 자신 있다고 하셨다. 미원을 너무 좋아하셔서 언제나 잔뜩 넣으시기는 했지만, 그래도 우리 가족은 맛있다고 난리였다. 나도, 동생도 그 된장찌개를 참 좋아했다.

시간이 지나 초등학교에 입학하고 나서 얼마 되지 않아 할아버지께서는 일을 그만두셨다. 그때부터 나와 동생은 할머니보다도 할아버지와 더 많은 시간을 보내게 되었다. 할아버지는 언제나 그 파란 용달차로 나와 동생을 학원에 데려다주셨다. 매일 아파트 놀이터를 쏘다니며 친구들을 이끌고 놀던 나는, 친구들과 함께 주차된 용달차를 지나칠 때마다 늘 "너희 집에는 이런 거 없지? 이거 우리 할아버지 차다!" 하고 자랑했고, 나중에 그 차가 너무 낡아 폐차해야 했을 때 많이 슬퍼했던 기억이 난다.

가야 할 학원도 없고 만나서 놀 친구도 없는 날이면 나는 거실에 누워서 〈마법천자문〉 만화책을 읽거나 그림을 그리고 놀았다. 그때마다 할아버지는 소파에 앉아서 라디오를 들으셨는데, 거기서는 '수십 년 전 정주영 회장이 외국 바이어를 접대하기 위해서 고물상에서 양변기를 구한 사연'처럼 어린 내게는 이해하기 힘든 이야기들이 흘러나왔다. 그 라디오는 할아버지가 어딘가에서 발견해 가져오신 고물이라고 했다. 할아버지가 직접 고치고 무언가 장치를 더해 작동하게 만드신 것이란 이야기를 예전부터 들었다. 라디오처럼 우리 집에는 그렇게 출처 모를 곳에서 와 새 생명을 얻은 물건들이 많았다.

시간이 흐르고, 할아버지와 같이 길을 걸을 때 내가 속도를 늦추어 발을 맞추는 일이 잦아지면서 나는 어렴풋하게나마 이런저런 것들을 깨달았던 것 같다. 모든 기억은 아주 단편적인 이미지로 남아 있다. 집 앞 식당에 외식하러 갈 때 엄마, 아빠, 동생, 할머니, 삼촌이 앞서 걸으면, 나는 할아버지 손을 잡고 뒤편에서 걸었던 기억. 방 한켠에 산더미처럼 쌓여 있던 약봉지들과, '병원 가는 날'이라고 적힌 날짜에 동그라미가 그려져 있던 탁상 달력. 이제부터 매일매일 인슐린이라는 주사를 할아버지가 직접 놓으셔야 한다고 말하던 엄마. 책가방을 메고 걸으면 그 무게에 허리가 펴지는 것 같다고, 앞으로는 이렇게 걷는 운동을 해야겠다고 하시던 할아버지. 어린 나는 하루하루가 지나가는 게 꼭 어딘가 종착지로 향하는 것만 같아 두려웠고 언젠가는 그 이별이 올 것만 같아서, 가끔 그것들이 현실로 와닿는 순간이 올 때면 터지는 울음을 참을 수 없었다.

내가 중학생이 되어 엄마, 동생과 함께 중국으로 가게 되었을 때, 이미 할아버지께선 많이 아프셨다. 나는 처음으로 암이라는 병에 대해, 그리고 죽음이란 것에 대해 깊이 생각하게 되었다. 겨울방학이 되어 우리는 잠시 한국에 들어왔고, 그 사이 병원에 입원해 치료받고 계시던 할아버지는 우리를 만나러 몇 시간 병원 외출을 하셨다. 같이 밥을 먹고, 도란도란 이야기를 나누고, 최대한 많은 순간을 눈에 담고.

밤이 깊어 병원으로 돌아가는 차 안에서, 나는 할아버지의 옆자리에 앉아 손을 꼭 잡고 말했다. "우리 할아버지, 참 잘 산 것 같아. 이렇게 많은 가족이 할아버지를 사랑하니까, 사랑받는 삶은 멋진 거잖아. 나는 할아버지처럼 살고 싶어." 그동안 나는 언제나 내 앞에 주어진 공부를 잘하고 싶었고, 좋은 대학에 가서 잘되고 싶었고, 큰 사람이 되어 성공하고 싶었는데, 그런 것만이 '잘 사는' 건 아니란 생각이 들었다. 나를 위해 기뻐해 주고 슬퍼해 주는 가족들이 있는 삶이라면 그대로도 참 멋진 삶일 것 같다고, 그때 처음으로 생각했다.

몇 달이 지나고, 알고 있지만 마주하고 싶지 않던 마지막 순간이 왔다. 그때 나와 엄마, 그리고 동생은 멀리 중국에 있었다. 아파트 단지에 빨갛게 물든 가을 낙엽이 참 예뻐서, 그걸 찍어 아빠한테 보내면서 할아버지한테 갈 때 보여 드리라고 한 지 고작 사흘도 지나지 않은 날이었다. 엄마는 내게, "할아버지는 천국에 가신 거야. 이제 너무 아프고 힘들어서 그만 천국으로 가고 싶다고, 그렇게 아빠한테 말씀하셨대." 하고 말해 주었다. 이 사실을 받아들이기가 너무 힘들었다. 처음에는 누군가 나의 삶에서 영영 떠나가는 걸 믿을 수가 없어서, 전혀 실감이 나지 않아 펑펑 울 수도 없었다. 멍한 상태로 학교 교실에 앉아 있었다. 그러자 점점 믿고 싶지 않은 것들이 와닿기 시작했고 그 순간부터 눈물이 흐르는 걸 내 의지로 참을 수가 없었다. 며칠 동안 수업을 못 들을 정도로 울었다.

당시엔 할아버지를 떠올리면 한 장면밖에 생각이 안 났다. 이 글을 시작하기 전까지만 해도 그랬다. 열 살 때, 엄마한테 배운 대로 할아버지가 좋아하시던 양파를 잔뜩 넣어 피자빵을 만들어 드렸는데, "우리 나갱

이 인자 시집가도 되겠네." 하셨던 그 기억. 시집가는 날까지는 아니라도 대학 가는 날까지는 함께해 주실 줄 알았는데, 그럴 수 없단 게 너무 서러워서 딱 그 생각만 났다.

아니, 어쩌면 다른 기억을 떠올리기가 너무 무서웠는지도 모른다. 꼭 울게 될 것만 같았으니까. 그렇게 묻어 뒀던 지난 기억들이, 이 글을 쓰기로 용기를 낸 이후로 하나하나 떠올랐다. 내가 머릿속을 휘저어 파헤쳐 냈다고 보는 편이 맞을까. 그러면서 꽤 많이 울었으나, 울음을 참고 싶지도 않았다. 그러니까 글을 쓴다는 건, 자기 슬픔을 용기 내서 마주하는 일 같다. 마음 한 켠에 간직해 둔 어떤 기억들을 되살리는 일 같다. 어떤 기억들.

필담

권나경

　살다 보면 이유를 알 수 없게 마음에 꽂히는 말들이 있다. 내게는 '필담'이라는 말이 그랬다. 그 말이 무슨 뜻인지도 모르던 초등학교 때부터, 나는 왠지 그 말이 좋았다. 입안에서 데굴데굴 굴려 보면서, 모난 발음이 없는 이 단어가 참 마음에 들었다. 그리고 그 뜻을 알고 난 다음에는, 더 많이 좋아하게 되었다. 말은 말인데, 글로 하는 말. 그리고 근래는 '필담'으로 살아가고 있대도 과언이 아닐 정도로 나는 거기에 의지하고 있다.

　나는 엄청나게 커다란 메모지를 가지고 다닌다. 내 손바닥보다도 큰, 아빠 손바닥만 한 메모지다. 필기할 때도 편하고, 아이들에게 짧게 쪽지를 써 주기에도 참 좋다. 힘든 날에는, 쪽지를 주고받는 것만큼 마음에 안정이 되는 게 없다. 어느 날엔가, 정말로 힘이 들어서 누구에게라도 쪽지를 쓰지 않으면 안 되는 날이 있었다.

　그날은 학생회 대의원회가 있었던 날이었다. 그리고 수행평가가 있었으며, 저녁 시간에는 또 외출하는 학생들이 있는지 살펴보는 학생안전지킴이 활동을 해야 했던 날이었다. 나는 자치회 의장이었으므로, 그날 저녁을 먹고 나서는 교장, 교감 선생님과 각 반의 반장, 자치의원들이 모두 모이는 자리에서 앞으로 한 학기 학생회 운영에 대해서 발표를 해야 했다. 수행평가가 한바탕 휘몰아치고, 숨 좀 돌리려는 찰나에 안전지킴이 활동을 하고, 바로 뒤이어 발표까지 하려니 막막했다. 겨우 발표를 마친 후에 두 시간 동안이나 회의하면서 학생들의 의견을 듣고 답하는 건 정말 쉬운 일이 아니었다.

밤 아홉 시에야 모든 일정이 끝났다. 열한 시 반까지는 자율 학습 시간이었다. 나는 몸도, 마음도 지쳐 있었다. 폭풍처럼 나를 휩쓸고 지나간 하루가 남긴 여러 감정에 둘러싸여 끙끙 앓는 것밖에는 할 수가 없었다. 왜인지 수행평가도 제대로 못 한 것 같고, 아까 발표할 때 너무 떨었던 것 같고, 조금 더 나은 대답을 할 걸 후회스럽고. 누구에게라도 털어놓고 싶어서, 나는 커다란 메모지를 꺼내 들었다.

요즘 애들 사랑은요, LOVE가 아니라 꼭 SOS로 읽어야만 할 것같이 느껴져요. 살려 달라는 것 같아요. 나만 그런 건지도 모르겠지만…. 오늘 말이에요, 진짜 '서울'이었어요. 그냥 서울이 아니고, 서울… 강남… 제일 비싼 빌딩. 숨이 막히고, 막 눈물이 나고…. 난 사실 별것도 안 하는데, 다른 아이들에 비해 유독 응석을 부리고, 쉽게 찡얼거리고…. 오늘따라 기분이 좀 우울하달까요? 버겁고 말이죠, 좋아하는 연예인을 봐도 가라앉질 않고, 눈물이 자꾸 나고…. 인숙이한테 편지하고 싶어지고, 필부들 말을 들어 뭐 하냐는 동림이가 자꾸 생각나서, 김환기가 단단한 사랑이 아니라 그냥 목석처럼 느껴지는 날. 이상이 그리운, 날 완전히 이해해 주는 사람이 있을 거라고 감히 꿈꿨던 날들을 다시 한번 살고 싶어지는 그런 날. 가만히 사람 눈을 바라보고 있는 게, 괜히 위로가 되어요.

누구에게 읽으라고 주기 위해 쓴 글이 아니었기 때문에, 나만 아는 수 많은 상징과 비유로 가득 채워진 글이었다. 내가 무언가를 사랑하고자 하는 것이, 무언가에 미치지 않고서는 살아내기 버거운 이 빡빡한 삶 때 문인 것 같다는 말로 나는 시작한다. 그리고 오늘이 '서울' 같다는 건, 내 인생 소설인 김승옥의 〈무진기행〉에서 서울이라는 공간이, 비이성 적이고 비합리적임에도 '나'로서 존재할 수 있는 고향 무진과 대비되는, 이성적이고 합리적이지만 세속적인 공간을 상징한다는 데서 따온 것이 었다. 그냥 서울도 아니고, 강남의 제일 비싼 빌딩에 있는 것 같았다는 말이 그 뜻이다. 나는 오늘 하루 누구보다 열심히 살았지만, 정말 '나'로 서 살았는지는 의문스럽다는 것이다. 그리고 〈무진기행〉 속 주인공이 무진에서 만나 사랑에 빠지게 되는 여자가 바로 '인숙'이다. 그러니까 '인숙이에게 편지하고 싶다'는 것은, 나를 찾고 싶다는 거다. 대학 가기 위해 하는 이 모든 것을 벗어 던지고, 책 읽고 글 쓰기를 좋아하는 그냥 '나'이고 싶다는 거다.

그 다음에는 '동림'이 나온다. 한때 시인 이상의 연인이었고, 이상이 죽은 뒤에는 화가 김환기와 결혼해 '변동림'에서 '김향안'으로 이름을 바꾼 여성 수필가. 사실은 그 실존 인물이 아니라, 뮤지컬 〈라흐 헤스트〉 에서 실화를 바탕으로 각색된 캐릭터들을 비유로써 사용한 것이다. 동 림은 극 속에서 독자들이 자신의 글을 혹평한다며 슬퍼하는 이상에게, '그런 필부들 말을 들어 무엇하냐'고 소리친다. 이상은 그 말에 위로받 고, 둘은 깊이 사랑한다. 그렇게 시간이 지나, 이상은 동경에서 죽고, 동 림은 마치 무진과 같았던 이상과의 비이성적이지만 문학적인 사랑을 끝 맺은 후 김환기와 함께 밝고 사랑스러운, 이상적인 사랑을 이룬다. 그 러니까, 이상이 그리워졌다는 말은 더는 '이상적'인 것에 매달리고 싶지 않다는 뜻이다. 수행평가 잘 치는 것도 참 좋고, 학생회도 정말로 좋은데, 나는 그런 '이상적'인 나 말고, 그냥 골방에서 글을 쓰는 불건강한 '나'를 그리워한다는 거다. 바보같이 문학적인 삶을 꿈꾸고, 나의 영혼을 이해해 주는 누군가가 있을 거라고 생각했던, 그런 '무진'의 날들을 그리워한다는 말이다.

마지막 문장은 정말 문자 그대로였다. 버거운 생각들 가운데 끼어 있는 나를 위로하듯 바라봐 주는 친구들의 눈을 가만히 보고 있는 게 내게 알 수 없는 위로가 되었다는 말이다. 내게 다정한 눈빛을 내어준 친구 중 하나는 해린이였다. 해린이는 언제나 밝고 재미있는, 가벼운 농담에 특히 능한 아이였다. 면학실 자리가 가까워 어쩌다 눈이 마주쳤을 때, 힘내라는 손짓을 해주는 해린이를 보고 눈물 고인 눈을 하지 않을 수 없었다. 그 아이는 화들짝 놀라며 나를 달래 주려고 했으나, 자리에서 일어날 수도 없고 목소리를 낼 수도 없어 곤란해하며 버둥거렸다.

나는 순간, 충동적으로 아무에게도 보여 주지 않으려고 했던 쪽지를 해린이에게 건네고 싶어졌다. 그 아이가 내가 쓴 말들을 다 이해할 수는 없겠지만, 그게 당연한 거지만, 슬픈 마음을 드러내 보여 주는 게 미안했지만, 그럼에도 불구하고 눈 꼭 감고 털어놓고 싶었다. 해린이는 내 쪽지를 건네 받고는 입 모양으로 '이게 뭐냐'고 물었고, 나는 그냥 '일기'라고 답했다. 그리고 몇 분 뒤, 생각지도 못했던 답장이 왔다.

진짜 이건 단지 '일기'가 아니라 가히 회고록이라 부를 만큼 표현이 진실되고 마음에 와닿는 기분이 들어. 너의 담담하게 눌러 쓴 듯한 문체와 내용이 내 마음까지도 울적하게 만드는 것 같아. 오늘 하루 많이 고

되었니? 버겁고 처지고 그런 마음 모두 이해해. 함부로 힘내라고 할 수가 없어. 정말 공감되거든. 이런 우울감에 빠져 있을 때는 솔직히 남들이 하는 말 하나도 위로가 되지 않는다고 난 생각해. 하지만 오늘 하루 정말 수고했어. 네가 짊어진 짐이 난 어느 정도인지 감히 상상도 할 수 없지만 그래도 버텨 줘서 고마워. 언젠가 너무 힘들고 기대고 싶다면 내게 의지해 주겠니?

　해린이가 내 마음을 알아줬구나. 그날의 필담은 나를 울렸다. '말이 통하지 아니하거나 말을 할 수 없을 때에, 글로 써서 서로 묻고 대답함'이라는 필담의 사전적 정의에 꼭 맞아떨어지는 대화였다. 속닥거릴 수도 없는 면학 시간이라 글을 쓴 건데, 나는 왠지 말보다 글로 이야기하는 게 마음에 더 와닿는 것 같다는 생각을 했다. 해린이의 노랗고 네모난 메모지며, 글을 쓰며 썼다가 펜으로 그어 지워 낸 흔적부터, 끝으로 갈수록 글씨가 작아지는 것까지. 모든 게 다 눈물나게 고맙고 사랑스러웠다. 그 작은 메모지 안에 적힌 자음과 모음의 빼곡한 나열이, 입으로 뱉는 말들보다 더 오래 내 마음에 남았다. 지금도 힘이 들 때면 해린이의 쪽지를 열어 본다. 그러면 마음이 참 좋아진다. 오래도록 꺼내 볼 수 있다는 것, 그렇게 마음에 남길 수 있다는 것. 그래서 나는 필담이 참 좋다.

무씨 이야기

김시원

1학기 기말고사가 끝나고 여름방학이 코앞에 있을 때였다. 시험 결과로 힘들어하는 우리 마음을 아셨던 걸까? 소녀 감성 넘치는 사회 선생님께서 학교 주변 탐방을 주제로 수업을 해주셔서 학교 주변을 둘러볼 기회가 있었다. 이 지역이 낯선 친구들에게 학교 주변에 무엇이 있는지 알려 주시려는 배려였다.

나 또한 학교에서 거리가 꽤 먼 지역에서 살다가 온 터라 내심 신나기도 했다. 뭐, 솔직히 도심지역 동네가 거의 다 비슷비슷하지만. 약간의 일탈 같은 느낌이었다고 할까? 반 친구들과 음료수도 하나씩 사서 먹고 주변을 선생님과 걸어오던 중 내 눈길을 끄는 간판 하나가 보였다.

"빵꾸똥꾸 문구야" 상호명이 너무 웃겨서 보고 있는데 위에 작은 글씨가 보였다. "무인 문구점" 아. 그렇구나. 무인 문구점이구나..

하긴. 내가 입학할 때도 면접 시험 질문에 키오스크에 관련된 문제가 나왔었다. 이제는 주변을 둘러봐도 무인점포가 많다는 걸 알고 있었는데, 무인 문구점까지 생겼다는 게 조금 놀라웠다. 왜냐하면 내 기억 속 문구점에는 언제나 '문구점 아저씨'가 있었기 때문이다.

내가 다닌 초등학교 주변에는 여중, 남중, 남고가 있었다. 나름 전통이 오래된 초등학교이다 보니 들어가는 골목이 한 곳으로 이어지는데 이 골목에 지금은 사라진 인항서점문구와 작은분식집 그리고 골목슈퍼가 있었다.

내가 초등학교에 입학과 동시에 막내 동생을 임신한 엄마는 엄청난 입덧에 힘들어 하셨다. 그러다 보니, 학교 준비물은 내가 알아서 챙겨야할 일이 많았다. 그해 4월 식목일 행사를 앞두고는 꽃씨를 준비해야 했다. 하지만 주말 내내 나도 엄마도 까맣게 잊고 말았다.

월요일 아침 학교 갈 준비를 할 때에야 꽃씨가 생각났다. 나는 엄마 손을 붙잡고 꽃씨를 사야 한다고 눈물을 글썽거렸고, 엄마는 급히 근처 화원에 전화를 걸었지만, 너무 이른 시간이었는지 아무도 전화를 받지 않았다.

엄마는 문구점에라도 가보자고 했다. 난 문구점에서 씨앗을 판다는 게 상상이 가지 않았다. 그저 퉁퉁 부은 얼굴로 엄마를 따라나설 수밖에 없었다.

그런데 세상에나.. 그곳에 씨앗이 있었다! 다만 꽃씨는 아니고, '종자무 씨앗'이었다. 엄마는 우선 이거라도 가져가서 선생님께 사정을 말씀 드리라고 했다. 문구점 아저씨도 옆에서 엄마를 거들어, 준비한 정성이 있으니 괜찮을 거라며 나를 달래 주었다. 나 역시 아무것도 안 가져가는 것보다는 나을 거라는 생각에, 꽃씨 대신에 무씨를 들고 학교에 갔다.

다행히도 같은 반 친구들 대부분이 꽃씨를 가져오지 않았다. 다들 나처럼 잊어버렸던 것 같다. 담임 선생님께서는 우선 식목일 행사를 해야 하니 내가 가져간 무씨를 나눠서 심자고 하셨다. 다행히 무씨는 제법 양이 많았다. 그렇게 우리 반은 1학년 창가 쪽 화단 아래에 무씨를 심었다.

여름방학이 가까웠을 무렵, 참 재밌게도, 흙장난하듯 심었던 무씨는 정말 무가 되어서 나왔다. 담임 선생님 인솔하에 반 친구 모두 큼지막한 무를 하나씩 뽑아서 집으로 가져갔다. 물론 나도 마찬가지였다.

지금 그 문구점은 없어졌고, 그 자리에는 프랜차이즈 치킨집이 생겼다. 나도 문구점보다는 온라인이나 대형마트에서 문구류를 구매하다 보니, 문구점을 들락날락하던 초등학교 1학년 시절의 내 모습을 까맣게 잊어버린 것 같다. 나는 어느새 고등학생이 되었고 아저씨 대신 키오스크가 자리를 지키는 문구점이 들어섰다. 정말 빠르게 많은 것이 변하고 있고 그 안에 내가 있는 것이다.

탐방 수업을 마치고 교실에 앉아 있는데 나도 모르게 웃음이 나왔다. 어렴풋하게 이유를 알 것 같았다. 동네 탐방을 하며 초등학교 시절의 '무씨 추억'을 떠올린 지금 이 순간. 언젠가 고등학교 시절을 생각할 때, 지금 이 기억의 한 귀퉁이를 그리워할 것 같은 예감이 들었다. 흘려 보냈는데, 싶지 않은 작은 추억들이 새삼 소중하다는 생각을 했다.

코골이

김시원

고등학교에 입학 후 두 달쯤 지났을 때였다. 내가 학교에 적응하는 건지 학교가 나에게 적응하는 건지 도대체 하루하루가 어떻게 지나가는지 모를 정도로 바쁘게 지냈다. 엄청나게 많은 수행평가가 날 압박했고, 3월 첫 모의고사와 중간고사는 내 현 위치를 깨닫게 된 슬픈 시간이었다.

그 무게감과 좌절감에 평소에도 말이 없는 난 더 말이 없어졌고, 무조건 공부만이 내 살길이라 생각하며 내 자리에서 문제집만 풀었다. 뭐, 엄청나게 성적이 오른 건 아니지만 나 자신을 위한 최소한의 방어 자세였다고 말할 수 있다.

게다가 반 친구들은 수업 태도나 평소 성격 면에서나 내가 자극 받을 정도로 훌륭해 보였다. 그들처럼 나도 잘하고 싶었다. 그러나 그것은 내겐 큰 부담이었다. 주말에 집에 돌아가서도 밤을 꼬박 지새우며 수행평가를 했다. 이것이 당연한 일과였다.

어느 월요일, 그날도 수행평가 준비에 잠 한숨 못 자고 등교를 했다. 수업 중간중간 틈틈이 쉬려고 노력했고, 그렇게 하루를 잘 마무리한다고 생각했다. 밤11시 면학 시간전까지는 그랬다.

"야~ 야~! ㅋㅋㅋ 일어나 김시원. 일어나라고!!"

한 순간이었다.

'무슨 일이 일어난 거지...'

주변을 둘러보니 반 친구들이 키득키득 웃고 있었다. 옆자리 짝꿍이 "괜찮아?"라고 내게 물었다.

"시원아, 너 코 골았어. ㅋㅋㅋ 엄청 피곤했구나."

아... 망했다! 나는 평소 조용한 편이었고, 절대로 교실에서 엎드려 자는 모습을 보이지 않았다. 그래서 주변 친구들은 내가 코를 골며 자고 있을 거라고는 생각하지 못했다고 한다. 더군다나. 나는 마스크를 무척 열심히 쓰고 다녀서 내 얼굴을 제대로 볼 수 없었을 거다.

상황은 이랬다. 앞에 앉아 있던 같은 반 남학생도 졸고 있었고, 나는 짝꿍이 보기에 너무나 안정적인 자세로 연필을 부여잡고 고개를 숙이고 책을 보는 것 같았다고 한다. 그런데 코 고는 소리가 너무 크게 나자, 같은 반 친구들은 내 앞에 있던 친구가 코를 곤다고 생각해서 그 친구를 깨웠는데, 코 고는 소리는 멈추지 않았다고 한다.

나는 나름 입학 후 신비주의를 유지하며 살아왔다고, 예쁘게 포장해서 그렇게 표현하고 싶다. 워낙 말재주도 없고, 말하는 것보다 이야기 들어 주는 거에 익숙했던 나름 과묵한 학생으로 친구들 사이에서도 그냥 조용히 잘 웃는 아이로 여겨졌을 것이다.

사실 그러려고 작정한 것은 아니다. 그러나 중학교 때와는 많이 다른 여러 가지 상황들-성적에 대한 압박, 쏟아지는 과제, 면학 분위기, 기숙사 생활 등-에 나는 무척 긴장한 것 같다. 내 부족한 부분을 채워야 한다며 스스로 채찍질한 것이다. 당연히 친구들과 담소를 나눌 시간도, 여유도 부족했다.

이렇게 조용히 지냈건만... 아! 존재감을 한방에, 그것도 조용한 면학 시간에 '코골이'로 친구들에게 확실하게 알려 주게 되었구나... 그것도 일주일에 5일을 같이 생활하는 남녀 친구들이 모인 이 공간에서 말이다.

그날 밤, 너무 피곤했는데도 어쩐지 잠이 오질 않았다. 룸메이트에게 이 믿을 수 없는 현실을 털어놓으며, 이런 나 자신을 부정하며 밤을 보냈는데 정말 오지 않았으면 했던 아침이 왔다. 조식을 꾸역꾸역 먹고, 정말 느릿느릿 교실로 가서 앉았다.

내가 너무 창피해하는 걸 눈치챘는지 친구 주아가 "앞으로 3년간 같이 생활할 건데 이런 모습 하나도 안 보일 줄 알았어? 괜찮아, 괜찮아" 하며 다독여 주었다. 아, 전학 가고 싶다...

그런데 그때부터 신기한 일이 일어났다. 평소 대화하지 않던 친구들과 한마디씩 대화를 하게 된 것이다. 나는 부끄러움과 민망함을 먼저 말을 거는 방식으로 어떻게든 극복하려 했던 것 같다. 도둑이 제 발 저린다고 해야 하나. 평소보다 3배 이상 말을 많이 했고, 친구들과 눈을 마주치며 농담도 하고 웃어 보이며 "얘들아, 이제 그만 코골이는 잊어 줘!" 이런 마음으로 적극적인 대화를 했다.

그 주 목요일, 잊히고 싶다는 내 바람을 실현해 준 고마운 친구가 나타났다. 저녁을 먹은 후 1면학시간이었다. 어디선가 우렁차게 코 고는 소리가 들리고 순간 친구들이 주변을 두리번거렸다. 이번 코골이의 주인공은, 내 자리에서 일직선에 앉아 있던, 정말 사랑스러운 친구 종윤이였다.

친구들이 종윤이를 깨웠다. 종윤이는 정말 시크하게 말했다.

"왜 아무도 안 깨워 줬어~."

이 사건 이후 내 코골이를 언급하는 친구는 사라졌다. 아마 내 코 고는 소리가 좀 더 작았기 때문이라고, 덕분에 빨리 묻힌 거라고, 지금도 나는 그렇게 믿고 있다.

손에 연필을 쥐여 주었다

김 현

내가 소설과 같은 문학이 아닌, 비교적 진지한 표정으로 수필을 쓰기 시작한 것은 2021년쯤이었다. 그전까지는 하나의 글을 오래 붙들고 있는 게 어려워서 쓰다 만 글이 넘쳐났다. 혹은 길게 쓰는 게 어색해 산문 시나 프롤로그 형식으로 쓰곤 했다. 적어도 이런 글이 내 마음에는 흡족했다. 그 시기 본격적으로 글을 쓰게 된 것에 가장 큰 영향을 준 것은 바로, K였다.

2021년 3월 2일에 K를 처음 만났다. 중학교 3학년이 된 나는 이미 모든 사람의 얼굴을 아는 이곳에서 더 이상 새로운 인연을 만나리라고는 생각하지 않았다. 별 기대없이 확인한 반배정 명렬표에서 K의 이름을 보았다. '내가 모르는 우리 학교 학생이 있었나 보다'라며 단순하게 생각했다.

첫 등교를 하는 날, 낯선 아이가 눈에 띄었다. 숏컷에 은색 피어싱을 한 여자아이였다. 전학생인가, 생각도 했지만, 전학생이라기에는 출석 번호가 5번이었다. 보통 우리 중학교에서 전학생의 출석번호는 맨끝 번호로 지정된다. K는 어떤 아이일까. 호기심이 생겼다.

우리 반에는 또 한 명의 친구 C가 있었다. 중학교 1학년 때부터 알고 지내던 친구인 C와 K는 서로 알고 지냈던 모양이다. 나는 C를 통해 K와 인사와 이야기를 나눴다. 처음 K와 대화했을 때, 서로 낯을 가리고 무척 어색했던 기억이 난다. 그러나 분위기가 풀리자 곧잘 이야기를 나누고 호탕하게 웃기도 하며 친분을 나눴다.

어느 정도 친해졌다 싶을 때 그녀에게 슬쩍 중학교 입학 때부터 우리 학교에 있었냐고 물었다. 그런데 전혀 예상치 못한 답변이 돌아왔다. K가 전학을 왔다는 것이다. 나는 순간 벙쪄서 그녀에게 언제 전학을 온 것이냐고 물었다. 그녀는 2020년에 2학년 8반으로 전학왔다고 말했다. 아뿔싸, 그때는 코로나가 한창일 때라 학교에 거의 나오지도 않았을 때였는데. K는 그 혼란스러운 분위기에 이 학교로 왔구나. 이제야 왜 내가 그녀를 낯설게 느꼈는지 깨달았다.

K와 대화할 때면 그녀의 귀에 박힌 은색 피어싱이 자꾸 눈에 띄었다. 신경을 쓰지 않으려고 해도 그 반짝임에 계속 눈길이 갔다. 우리 학교가 아무리 강압적인 교칙이 없고 용모 단장이 자율이라지만, 그것을 감안하고 보더라도 내겐 좀 거슬렸다. 아무래도 외모에 대한 건 예민한 부분이라 생각하여 대놓고 먼저 묻지는 않았다. 그런데 얼마 안 가 나는 자연스레 여러 이야기를 듣게 되었다. 그녀와 가깝게 지낼수록 그녀에 대해 더 많이, 더 깊이 알게 되었다. 자신의 깊은 곳까지 스스럼없이 보여주었으며 때로는 과거 이야기도 곧잘 들려주었다. 그녀는 생각보다 상처가 많은 사람이었다. 어두운 부분도 가지고 있었다. 그렇게 K와 나는 가장 소중한 친구가 되어 있었다.

하지만 아무리 K와 깊은 사이가 되었다고 해도 지금 돌이켜 보면 그녀의 속마음을 읽어낼 수 없었던 적이 훨씬 많았다. 그녀는 너무나도 자유롭게 생각했고 그 어떤 것에도 억압받지 않는 것처럼 보였다. 가끔은 내가 알던 K가 아닌 것처럼 느껴질 때도 있었다. 논리정연하고 정의롭지 못한 선생님을 보면 반장의 권한으로 단숨에 제지했고, 천진난만하고 사랑스러운 성격으로 주변의 친구들도 금세 그녀를 좋아하게 되었다. 그녀의 모든 이야기를 알고 나서 바라본 K의 모습은, 자유로운 영혼을 가진 새였다. 날개만 제대로 붙어 있었더라면 당장이라도 하늘을 향해 뜀박질하고 훨훨 날아다녔을 것만 같았다. 나는 그녀가 쏘다니는 곳의 변두리에 서서 그녀를 가만히 바라보며 생각했다. 그녀가 피어싱을 한 이유도 아마 그녀의 자유로운 영혼이 겉으로 드러난 탓이었으리라. 하지만 K의 아픈 상처를 알고 있는 나로서는 그녀의 진짜 마음이 무엇인지 알 턱이 없었다.

K는 피아노를 정말 아름답게 연주하곤 했다. 피아노에 대해 일가견이 있던 나도, 피아노에 대해 아무것도 모르는 친구들도 모두 인정할 만한 실력을 갖췄다. 그녀의 말로는 어린 시절에 대학교수에게 개인적으로 가르침을 제안받았던 적이 있다고 했다. K는 줄곧 음악을 하고 싶다고 말했다. 그 모습이 어찌나 신나 보이던지, 나는 그녀가 정말로 음악을 하기 위해 태어난 사람이라고 생각할 수밖에 없었다.

그리고 그녀는 가끔 나에게 자신이 직접 쓴 가사와 글을 보여 주거나, 노래를 간략하게 지어 들려주곤 했는데, 그럴 때마다 K라는 인물은 정말로 다재다능하다는 것을 실감했다. 나는 천재적인 그녀의 미래를 진심으로 응원했다. 이러다 훗날 K를 신문의 문화면에서 보는 것 아니냐는 생각도 들었다. 나는 K가 보여 준 가사에 감사를 표하는 의미로 이따금 시를 지어 주기도 했다. 그럴 때마다 그녀는 내 시에 대해 엄청난 호평을 쏟았고, 즐거워했다. 하지만 그녀의 마음은 여전히 힘들어하고 있었다.

K는 부모님과 끊임없이 갈등했다. 그녀의 말로는 그녀의 부모님께서 음악을 본업으로 삼는 것에 격렬히 반대한다고 하셨다. 그러다 K의 부모님께서는 성적이 잘 나오면 음악을 하는 것을 생각해 보겠다고 하셨다. 이에 K는 한동안 엄청난 집중력으로 공부했고, 결국 상위권 성적을 거둬냈다. 하지만 돌아온 반응은 "공부에 정을 붙였으니 앞으로 공부를 계속하라"는 것이었고, 그녀는 좌절했다. 자신이 그토록 하고 싶었던 음악을 접어야 한다니, 상상만 해도 끔찍했다. 그 이야기를 전해 들은 나도 순간적으로 화가 치밀어 올라 K의 부모님을 직접 찾아가 말씀드리고 싶었다. 하지만 이내 생각을 바꿔, 내가 K의 옆에서 그녀의 꿈을 위해 도와줘야겠다고 굳게 다짐했다.

내가 옆에서 함께 지내며 돕다 보면 K가 금방 좋아질 거라 기대했다. 하지만 날이 갈수록 그녀는 침울해져만 갔고, 더 이상 내가 어떻게 손쓸 방도가 없었다. 그저 항상 곁에 머무르며 웃겨 주고, 곁에 있어 주고 이야기를 들어줄 뿐이었다.

이때부터 나는 시를 본격적으로 접하기 시작했다. 아무래도 그녀가 내 시를 좋아해 준 영향이 큰 것 같다. 나는 매일 느끼는 것을 시의 형식을 빌어 간략히 적기 시작했다. 하지만, 누군가가 감정은 옮는다고 했던가. 내가 안타깝게 여겨 어떻게든 도와주고자 했던 K의 어두운 모습이 나에게도 점점 보이기 시작했다. K의 아픈 이야기를 들어줄 때면, 그것은 마치 내가 겪은 일인 것처럼 느껴졌다. K가 고통스러워 할수록 나도 고통스러워졌다. 이것은 내게 불쾌한 체험이었다.

시간이 지나 2021년 겨울, 성탄절을 겨우 며칠 앞뒀을 때, 내가 쓰는 시에는 부정적인 말들만 가득했다. 그녀에게서 우울과 분노가 옮았으며 무기력도 옮았다. 불쾌했다. 기분이 매번 가라앉았다. 이따금 너무 슬퍼져 눈물도 났다. 이 전염 속에서 나는 내가 머지않아 K를 밀어내고 질타하게 되리라는 것을 직감적으로 알 수 있었다. 불안한 생각을 정리하기 위해 K에게 성탄절을 맞이하여 장문의 메시지를 보냈다.

"근데 나는 적어도 우리는 다시 만날 거라고, 그렇게 생각해."

보통은 편지에 이런 말을 하지 않는다는 것을 안다. 아마도 슬슬 이별을 준비하는 과정에 있었기 때문일 것이다. 역시나 편지에는 은연 중 이별을 암시하는 말들이 널려 있었다. 어쩐지, 그날은 기온이 영하 14도까지 내려가던 매우 추운 날이었다.

우리는 2021년 1월 11일에 중학교를 졸업했다. 그날 돌렸던 학급 롤링페이퍼에는 외고 합격 축하한다는 말, 앞으로도 잘 살라는 간단한 안부 인사가 있었다. 하지만 가장 눈에 들어왔던 건 K의 글이었다. 그녀는 고등학교 가서 힘들면 아이스티를 사 줄 테니 언제든 연락하라고 적어 놓았다. 우리는 함께 졸업앨범에 담긴 서로의 사진을 보며 깔깔 웃었다. 우리 어머니께서 손수 만들어 주신 파란색 안개꽃 다발도 건네주었다. K는 기뻐했다. 그날은 나도 입이 닫히는 때가 없이 줄곧 웃었다. 그날만큼은 아무 일이 없기를 바랐다. 그날만큼은 K와 행복한 시간을 보내고 싶었다. 졸업식이 끝나고, K와 나는 우리집으로 가서 함께 떡볶이를 먹으며 한참동안 이야기를 나눴다. 바깥에는 눈이 내려, 다리가 얼 정도로 추웠지만 K와 함께 있던 집안은 따스했다. 그날은 처음이자 마지막으로 K를 우리집에 데리고 온 날이었다.

나는 2022년 1월 27일에 K에게 이별을 고했다. 엉망진창이 된 나와 K, 이 두 사람은 아직까지도 서로의 진심을 모르고 있다. 나는 그녀에게 이별의 이유를 말해 주지 않았다. K의 탓으로 그동안 힘들었다고 말하면, 그녀가 얼마나 힘들지 알았기 때문이었다. 너무 여린 그녀가 자신의 잘못을 영영 깨닫지 못했으면 좋겠다는 마음에 그녀에게 되지도 않는 핑계를 대며 인연을 끊었다. 그녀도 꽤나 당황스러웠는지, 갑작스러운 이별에 별다른 말을 하지 않았다. 횡설수설하고 찜찜한 이별이었지만, 그래도 나와 K는 상처를 훌훌 털어내고 곧 괜찮아질 것이라고 생각했다.

지금 K가 어떻게 지내고 있는지는 잘 모른다. 간혹 들려오는 소식으로는 서울에 위치한 유명한 예술고등학교에 편입한 것 같은데, 또 다른 구설수도 있어 지금도 재학 중인지 확실하지 않다. 그리고 그녀가 예전의 안 좋은 일들을 잊고 새로 시작하기 위해 지금의 이름인 K로 개명을 했다는 사실도 알아냈다. 그녀의 이름은 예전이나 지금이나 한결같이 예뻤다. 그리고 가장 듣고 싶지 않았던, 나로 인해 힘들어한다는 사실도 알게 되었다. 그러다 최근에는 또 극복해 나가는 중이라는 말도 전해 들었다.

실은 나도 한동안 K를 잃고서 힘들어했다. 그녀로 인해 힘들었다기보다 그녀와 있었던 좋은 일들이 더 선명히 기억에 남았기 때문이다. 조금이라도 조급한 마음을 내려놓고 진지하게 이야기를 해 봤더라면 어땠을까 싶지만, 되도록 가슴이 아파지는 후회는 하지 않으려고 노력 중이다. 물론 좋은 소식도 있다. K 덕분에 나는 내가 정말로 하고 싶은 일이 무엇인지 알게 되었다. K와의 일을 통해 나는 진지하게 글을 쓰고 싶다고 생각했다. 그렇게 글을 남기고 책을 펴내서 언젠가 K에게 보여주고 싶다. 훗날 K가 나의 글을 읽고, 나의 이런 진심을 알아 주었으면 한다. 그렇게 그녀와 못다 한 이야기를 나누고 싶다.

지금보다 시간이 훨씬 더 지나면, 언젠가 K를 다시 만나고 싶다. 중학교 졸업식 날 그녀가 글을 남겼던 롤링페이퍼를 내밀며 아이스티를 사주겠다고 한 약속을 지키라고 말할 것이다. 또 하루 종일 그녀의 근황도 들을 것이다. 그동안 잘 지냈는지, 꿈은 이뤘는지, 내가 너에게 쓴 글을 읽어 봤는지.

이름 말고, 이름

김 현

필명. 내게 필명이란, 그냥 '없었던 것'이다. 나는 글을 쓰면서도 필명이 없었다. 그야, 처음부터 작가가 되고 싶었던 것은 아니었으니까. 작가라고 해서 무조건 필명이 있어야 하는 것도 아니다.

내 이름은 '김지우'이다. 초원 위에서 타인을 돕는다는 뜻이라나. 하지만 너무나 단순했고, 획도 얼마 없었다. 그래서 나는 내 이름을 좋아하지 않았다. 초등학교 때 했던 국어 받아쓰기 종이의 이름 칸에 내 이름을 적으면 '김'과 '지'와 '우'의 크기가 제각각이었다. 글자를 똑바로 쓰라는 재촉을 받는 와중에 글자 간격과 크기까지 맞추는 건 너무 힘들었기 때문이다. 아무리 어린 나이에 글자를 쓰는 게 어려운 일이라고 해도, 그때 나에게는 그 목소리가 잘 들리지 않았던 모양이다. 그 후로 점점 글자 쓰는 게 싫어져 '김'을 쓰려고 하면 '기'까지만 쓰고 머뭇거린다든지, 크기가 일정하지 않은 'ㅇ'을 쓰고 지우고를 반복한다든지 하며 글자를 제대로 쓰지 않았다. 솔직히, 내가 봐도 강박에 의한 심술이었던 것 같다.

그러던 어느 날, 문득 글을 쓰다가 '필명'이란 것을 떠올렸다. 작가로서 어디에 투고할 글을 쓴 것도 아닌데, 그저 별똥이 밤하늘을 잽싸게 가로지르듯 떠올랐다. 작가라는 구체적인 꿈을 가지기 전이었음에도 좋은 필명을 꽤 열심히 찾아 보고 정하려고 노력했다. 예쁜 이름을 아무렇게나 짓고 싶었다. 돌이켜보면 필명이라는 것이 마치 마술처럼 뚝딱 정해질 줄로만 알았던 것 같다. 그래서 건성건성 하는 태도로 여러 필명 후보들을 정했다.

후보들 중에는 김온, 김솔, 김영(령), 김연 등이 있었다. 이 중에서 가장 어감이 좋고 예뻐 보이는 것을 찾으려고 했다. 김영이라는 이름이 가장 눈에 띄었다. '아, 이거다'라고 생각하며 메모지에 '김영'을 적어 넣었다. 그러다, 본명을 버리고 필명으로 작가의 길을 걷고자 하는 굳센 마음을 가진 이상, 아기 이름을 정하는 것만큼이나 진지하게 생각해야 하는 문제임을 깨달았다. 평소 나의 글짓기에 다양한 도움을 주시는 S 선생님께서도 필명을 마구잡이로 지어도 상관없다는 식으로 말씀한 것 같지는 않았다. 결국 메모지에 쓴 이름들을 벅벅 지웠다.

2020년 8월 어느 날, 비가 내리는 꿈을 꾸었다. 꿈이 너무 생생하고 길어서, 당장 소설을 써야겠다고 생각했다. 당시 정해 두었던 남자 주인공의 이름은 신현(辛賢)이었다. 아마 그때부터 현이라는 이름에 눈독을 들이고 있었는지 모른다. 그런 해프닝의 여파 때문인가, 이후에 소설을 쓰기 위해 사뭇 진지하게 작명을 시작했을 때는 현이 들어가는 이름을 유독 고집했다.

친구 K는 2023년에 개명을 했다(K는 〈손에 연필을 쥐여 주었다〉 속 인물과 동일하다.) 그녀의 이름이 K가 아니었던 시절의 그녀는 나와 이런

저런 이야기를 할 때면, 자신의 이름이 마음에 들지 않는다는 투로 말하곤 했다. 자기 이름을 발음하기가 힘들고, 병원에 가서 간호사가 "이름이 뭐예요?"라고 물으면 "OOO이요"라고 답하는데, 그럴 때마다 간호사가 재차 확인하거나, 잘못된 이름을 받아쓰고는 이게 맞냐고 묻는단다. 진절머리가 나는 건 충분히 짐작이 간다. 그리고 나는 2022년에 그녀와 결별한 후, 본격적으로 작가의 길을 걷겠노라 다짐했다. 물론, 들려온 것은 그녀의 개명 소식뿐이었다. K는 그렇게 내가 없는 곳에서 지혜롭고 어진 이름에서 깨끗한 이름(潔, 결)이 되었다. 그녀가 외자 이름이어서일까, 나도 그런 이름을 갖고 싶었다. 이미 멀어졌지만 그럼에도 불구하고 그녀를 따르고 싶었던 걸까, 혹은 조금이라도 뒤쫓아 가고자 했던 걸까. 확실한 것은, 나도 내가 사랑할 수 있는 이름을 가지고 싶다는 것이었다.

그렇게 엄청난 고민의 시간을 거치고 나서 지어진 이름은, 김현(金玄)이었다. 막상 정하고 나니 부끄러웠다. 내가 과연 필명으로 불릴 자격이 있을지, 내게 작가의 기질이 있는 것인지, 앞으로 김현 작가로서 활동을 꾸준히 할 것인지. 온갖 생각이 다 스쳤다. 하지만, 결국 내가 진심으로 원하는 건 하나뿐인 것 같다. 앞으로 많은 이들이 나를 '김현'으로 알아봐 주는 것. K, 그녀조차도 말이다. 그녀가 나를 지우라고 불러주는 목소리가 그리울지도 모른다. 하지만 그녀와 내가 걷는 저마다의 길에서 가장 빛날 때, 서로를 가장 잘 응원해 주고 기억할 수 있을 것이라 생각한다. 내가 활동하던 블로그, 그리고 작가노트의 이름 칸에 '김현'을 채워 넣던 그날은, 훗날 멋진 음악가로 자라날 K와 작가로 활동하며 행복해 할 김현이 보고 싶어지는 날이었다.

지도에 없는 곳으로

김 현

    나는 2023년의 시작을 일본의 오사카에서 즐겼다. 200만 원을 내고, 태어나서 처음 혼자서 가 본 일본 홈스테이였다. 1월 15일부터 22일까지, 일주일 동안 진행하는 홈스테이는 자율성이 매우 높아서, 다른 홈스테이 참가자들과의 공통 관광 일정이 끝나면 곧바로 자유시간이 주어졌다. 식사도 정해진 것 없이 자유로웠다. 하지만, 역시 홈스테이의 묘미는 현지인들과 말을 할 기회가 일반 여행보다 훨씬 많이 있다는 것이다. 아무래도 현지 가정에서 지내기 때문일 것이다. 물론, 항공비부터 시작하여 일본의 기본적인 물가나 수도세, 전기세와 같은 생활비가 매우 비싸 기본적으로 드는 비용이 많다는 단점도 있었다.

    사전에 안내된 문서에 따르면, 홈스테이 가족 구성원은 주인 아주머니와 아저씨, 그리고 강아지 두 마리와 고양이 한 마리, 이게 전부였다. 그리고 나는 한 명의 룸메이트와 함께 지내게 된다. 드디어 그들을 직접 만나게 되는 날이 왔다. 일본 간사이 공항에서 모든 대중교통의 중심지인 난바역으로 이동했다. 그곳에서 각자의 홈스테이 패밀리를 차례로 호명하며 만남을 주선해 주었다. 기나긴 기다림의 시간이 지나고, 드디어 나와 룸메이트의 이름이 불렸다. 그러자 우리에게로 천천히 걸어오는 두 사람이 눈에 들어왔다.

처음 만난 아주머니와 아저씨는, 솔직히 조금 무서웠다. 특히 아저씨는 선글라스를 쓰고 허옇게 센 수염을 기르셨다. 하지만 험악한 첫인상과는 달리, 그들과 이야기를 나눌수록 모두 친절한 사람들이라는 걸 깨달았다. 두 분 사이도 정말 좋아 보여서, 첫 만남의 어색했던 기류도 금방 가셨다.

우리는 곧 숙소로 향했다. 무거운 짐을 힘겹게 들고 아늑한 집에 들어서자, 중문을 긁는 강아지의 발소리가 들려왔다. '쿠루미'와 '류'라고 불리는 이 강아지들은 털이 정말 많이 날렸다. 비염이 있는 내 코는 계속 간질간질했다. 처음 본 사람도 매우 살갑게 반겨줄 정도로 성격도 활발하고 좋았다. 이렇게 귀여운 강아지가 있다는 걸 알았다면 간식을 챙겨왔을 텐데. 고양이도 한 마리 있었는데, 그 아이는 너무 조용했다. 그리고 잠자코 식기 수납장 위에 올라앉아 우리들을 감시할 뿐이었다. 가끔 우리가 있는 곳으로 내려올 때가 있었는데, 우리와 함께 놀지는 않고 그저 만져 주기만을 바랐다. 밥을 먹고 있으면 곁에 와서 손을 내밀며 먹을 걸 달라고 앙탈이다. 그럴 때마다 아이들을 꾸짖는 아주머니의 목소리. 정말이지, 아주머니와 아버지를 각각 어머니와 아버지로 부르기만 한다면 모두가 나의 진짜 가족이 될 것만 같았다.

타지에서 보내는 둘째 날 밤이었다. 관광 일정을 소화한다는 것은 생각보다 힘들었고, 몸은 녹초가 되었다. 집에 오자마자 목욕을 하고, 아주머니께서 직접 구워 주신 쿠키를 야금야금 먹으며 향긋한 녹차를 마시고 있었다. 솔직히, 하루마다 가득 차 있는 일정을 소화하는 것보다 집에서 가족들과 차를 마시며 수다를 떠는 게 더 낫다고 생각했다.

룸메이트와 한껏 오늘 일정에 대해 불평불만을 늘어놓던 도중에 문득, 한국에 있는 가족과 집이 그리워졌다. 나는 바깥으로 나가 달을 찾아 보았다. 달은 하나뿐이니까, 어디에서 보든 똑같은 감정을 느낄 수 있을 거라고 생각했다. 그것을 느끼기 위해 황금빛을 내뿜는 캠핑 랜턴이 있는 베란다로 나갔다.

하지만 맨발로 달려나온 게 무색하게도 달은 얼굴 한 번을 비추지 않았다. 잠시 후 아주머니께서 베란다로 나와 담배를 피우셨다. 나는 아주머니에게 "여기서는 달이 보이지 않네요"라고 말했다. 기상 예보에 따르면 그날은 하현달이 뜨는 시기였다. 아주머니는 한밤중이나 이른 아침이 되어야 달이 보일 거라고 말씀하셨다. 달을 볼 수 없다니, 이런 비극적인 운명이 있을까 하는 생각에 마음 한구석이 꽉 막힌 듯 답답하고 울적했다. 나는 아주머니께 해와 달은 서로 만나지 못한 채 자신 자리를 지킬 뿐이라는 사실이 너무나도 서글프다고 했다. 아주머니는 자신도 그렇게 생각한다고 했다. 그러고는 아저씨와 자신도 해와 달같은 존재라고 말했다. 환경 자체가 달라 절대로 만날 수 없었던 그들은 운명적으로 마주쳐, 서로에게 서로가 필요한 존재임을 깨달았다고. 이어지는 말을 들은 나는 머리를 세게 한 대 얻어맞은 기분이 들 정도였다. 아주머니는 해가 있기에 달이 있고, 달이 있기에 해가 있다고 하셨다. 두 사람은 서로가 서로에게 그런 존재였던 것이다.

다음 날은 아저씨가 베란다에서 담배를 피웠다. 그날 나는 아저씨와 별다른 말을 주고받을 생각은 없었다. 하지만, 금세 입이 트여 좋아하는 인디밴드에 대한 이야기를 주저리주저리 늘어놓다가, 잠시 입이 막혔을 때 겉옷을 여미고 안으로 들어갔다. 내가 많이 피곤했던 것인지, 아저씨의 두 눈을 마주할 때마다 그 안에 서린 아픔이 엿보여서인지는 잘 모르겠다. 그의 몸은 허약했지만, 상냥했고, 마음만은 강한 사람이었다. 그는 모든 일에 기쁨을 느끼고, 모든 것을 사랑한다고 했다. 패밀리와의 오후 약속을 조금 어겨도, 일본에서는 필수로 한다는 인삿말을 깜빡해도, "괜찮아"라며 웃어 주셨다. 가족 입장에서는 실례라고 느껴질 수도 있을 텐데. 아저씨는 미안해할 필요는 없다고 말씀하셨지만, 아저씨께서 그렇게 따스하게 반응해 주시는 것에 더더욱 죄송한 감정을 느낄 수밖에 없었다. 이후로도 온갖 이야기란 이야기는 다 하며 피 한 방울 섞이지 않은 가족의 정을 키웠다.

한 번은 나의 아기 시절 사진을 보여 드렸다. 아저씨는 김이 모락모락 피어나는 차를 천천히 입에 머금으면서 너무나 귀엽다고 해주셨다. 그리고, 자연스럽게 내일 저녁 식사 메뉴 이야기를 나눴다. 내가 일본 현지에서 '야키쿠'라는 구운 고기 음식을 먹어 보고 싶었다고 하자, 아저씨는 이번 주 내로 시간을 낼 테니 꼭 맛있는 야키쿠를 먹으러 가자고 하셨다. 우리는 그렇게 일주일 동안 가족으로써 서로를 알아갔다.

문제는 마지막 날에 일어났다. 일본에서의 마지막 날을 기념하기 위해 홈스테이 프로그램에서 만난 친구, 그리고 룸메이트와 함께 늦은 시간까지 시내에서 놀고 있었다. 남은 돈도 다 쓰고, 사고 싶었던 것들도 모조리 싹쓸이하며 일본에서의 자유로운 기분을 한껏 냈다. 일본이라는 나라를 너무나도 좋아했기 때문이다. 언제 또 올까 싶으면서도 일본의 흥취를 한껏 느끼다가 돌아가고 싶었다.

PART2. 자유 주제

그런데, 홈스테이 주관 측에서 연락이 왔다. 패밀리가 우리와 함께 가려고 야끼니꾸 가게를 예약해 뒀는데, 우리가 늦는 바람에 취소할 수밖에 없었다는 말을 전했다. 이 말을 듣고 가슴이 철렁 내려앉았다. 룸메이트와 나는 막차가 끊기기 전에 서둘러 집으로 달려갔다. 아주머니는 늦게까지 우리를 기다리다가 문을 열어 주셨다. 아저씨는 먼저 주무시고 계셨다. 그날은 아주머니의 "어서 오렴"이라는 말이 날서게 느껴졌다. 왜인지 모르게 그날따라 공기가 너무 차가웠던 나머지, 아무 말도 하지 못하고 방으로 들어갔다. 몸도 많이 지쳐 있었는지, 정신없이 씻고서 곧바로 쓰러지듯 잠이 들었다.

그 다음 날이 바로 출국날이었기 때문에 일찍 일어나야 했다. 예상대로 마지막으로 맞는 아침 분위기는 그리 좋지 않았다. 물론, 아저씨는 최대한 침착하고 다정하게 말씀하시며 가는 길을 배웅해 주겠다고 하셨다. 나는 문득 어제 편지 세트를 샀던 것이 떠올라 집을 나서기 전에 일본어로 편지를 적었다. 떠나기 몇 분 전에 급하게 쓰는 바람에 문법이나 맥락이 이상했겠지만, 아저씨는 애써 밝게 웃으시며 고맙다고 하셨다. 그리고, 우리가 즐겨 마셨던 녹차 티백을 선물로 주셨다.

그 순간 죄송한 마음이 파도치듯 밀려왔다. 어제의 즐거움과 오늘의 죄책감이 맞물려 이상한 느낌이 물씬 들었다. 그래도 마지막이니까, 언제 다시 볼지 모르니까 끝까지 하하호호 웃으며 다시 난바역으로 출발했다. 아저씨는 "나중에, 성인이 되면 그때 다시 오사카에 와. 그때는 꼭 맛있는 야키니쿠를 먹으러 가자"고 하셨다. 이대로 가만히 있으면 왠지 눈물이 쏟아질 것만 같았다. 그렇지만 함께 사진을 찍었다. 생각해 보니 일주일 간 함께 지내면서 사진 한 번 찍어본 적이 없었구나. 마지막이니까. 이제 정말로 마지막이니까, 울고 싶은 마음을 강하게 억누르곤 모두 함께 웃으며 찍었다.

홈스테이를 하면서 정말 많은 사람을 만났고, 모두 좋은 사람들이었다. 하지만 가장 기억에 남는 건 역시나 가장 큰 추억을 선물해 주었던 나의 가족, 미나모토 가족이었다. 우리에게 보여 주었던 진정한 가정의 모습, 서로 진심으로 아끼고 사랑하는 부부, 다정한 온기까지. 내가 그들과의 마지막 약속을 어긴 것에 대한 후회, 그리고 죄책감. 역시나 가장 강하게 남는 것은 후회였다. 집에 돌아가는 비행기에서는 울지 않으려고 계속해서 잠을 잤다. 그렇게 좋아하던 기내식이 맛있는 냄새를 풍기며 눈앞을 아른거렸는데도 꾹 참았다. 그리고 눈을 떠야 했을 때는, 이미 서글프게 울고 있었다.

사람들은 제자리를 찾아 원래의 일상 속으로 하나 둘 떠나갔다. 마음 같아서는 당장이라도 되돌아가고 싶었지만, 나만이 그곳에 계속 남아 있으면 내 앞에서 나를 기다리고 있는 내일도 여전히 슬퍼할 것만 같았다. 분명 미안한 마음은 계속해서 기억하고, 절대 반복하지 말아야 하는 것은 사실이다. 하지만 그것이 나의 일상에까지 번져서 괴로워지는 것은 분명 미나모토 씨도 달가워하지 않는 일일 것이다.

그들과 지금은 어떤 소식이나 이벤트가 있을 때마다 연락을 주고받고 있다. 기회만 된다면, 언젠가 두 분께 이 글을 손수 일본어로 번역하여 보여 드리고 싶다.

다시 만나는 날에는 꼭 함께 맛있는 야키니쿠를 먹으러 가야지.

PART2. 자유 주제

세상에서 가장 은밀한 음악 감상

이지유

학교에서 아침 1시간, 7교시가 끝난 후 1시간, 석식을 먹은 후 2시간 면학을 한 뒤, 20분 쉬고 2시간 더 공부한다. 하지만 면학 시간 동안 전자기기는 사용할 수 없다. 물론 노래를 듣는 것도 포함이다. 음악을 정말 사랑하는 나로서는 6시간 동안 음악 없는 정적 속에서 공부하는 것이 답답하고 괴로울 때가 많았다.

나만 그런 것이 아니다. 학기 초부터 이 괴로움을 느낀 친구들은 당당히 이어폰을 드러내 놓고 공부를 하다가 면학 감독 선생님께 들켜 압수당하는 경우도 있었다. 나도 면학 시간에 음악을 들었던 적이 많았다. 하지만 여태까지 한 번도 들킨 적이 없다. 내가 노래를 듣는 방식은 아주 은밀한 계획으로 하에 이뤄지기 때문이다. 이 책에 이렇게 내 방법을 공유하면 우연히 이 글을 읽은 미추홀외고 선생님께서 나를 찾아서 내 아이패드를 압수해 가실 수도 있지만 위험을 감수하고라도 방법을 공유하고 싶다. 나와 같은 답답함을 느낄 누군가를 위해서다. 물론 이 방법을 쓰더라도 머리가 짧은 학생이라면 걸릴 수도 있음을 미리 경고한다.

필요한 준비물은 담요와 태블릿, 무선 이어폰이다. 그리고 귀를 덮을 수 있는 길이의 머리카락도 꼭 필수다. 우선 책상 한 쪽에 태블릿을 두고 음악 플레이어 사이트에 접속해 놓는다. 그리고 담요를 그 태블릿 위에 덮어 둔다. 음악을 듣다가 소리가 너무 크거나 다른 노래로 넘어가고 싶을 때 담요를 안 덮어 두면 면학 감독 선생님께서 태블릿을 발견하실 수 있기 때문이다. 하지만 담요로 덮어 두면 안 걸리게 화면을 터치할 수 있다. 그 다음 단계는 이어폰을 안 보이게 하는 것이다. 여학생들은 대부분이 머리가 길기 때문에 무선 이어폰을 끼고 그 위를 머리카락으로 덮으면 감쪽같이 티가 안 난다.

하지만 대부분의 남학생은 머리가 짧기 때문에 머리카락으로 덮는 것은 무리이다. 그래서 이어폰을 감추기 위해 후드 티의 모자를 이용하기도 한다. 하지만 그 꼼수를 알아낸 선생님들은 면학 시간에 후드 티를 뒤집어쓰고 있는 학생들의 모자를 벗겨 종종 확인한다. 결국, 면학 시간 음악 듣기에 불리한 조건을 가진 남학생들은 다른 방법을 찾아냈다. 우리반 최 모 씨는 한쪽 귀에 무선 이어폰을 끼고, 얼굴을 괴고 책상에 기대는 것처럼 손으로 그 한쪽 이어폰을 가리는 방법이 있다고 반 아이들에게 소개해 주었다. 그렇지만 그 자세로 1시간, 2시간 있는 건 노래도 제대로 못 듣고, 공부도 제대로 못해 비효율적이다.

그에 비하면 난, 이어폰을 가릴 만큼의 머리카락 길이를 가지고 있어서 다행이라고 생각한다. 물론, 듣고 싶은 욕망을 어떻게든 해소할 수 있어 다행이라는 것이지, 무조건 좋다는 말은 아니다. 때때로 노래를 들으며 공부하다 보면, 내가 무엇을 읽는지조차 인식하지 못하면서 글씨를 바라만 보고 있을 때가 있다. 노래를 안 듣고 집중해도 길고 난해하고 긴 영어 지문은 늘 읽기가 어렵다. 저녁 밥 먹은 후의 배부름과 졸림에 노래까지 합쳐지면 공부에 방해가 되는 것이 당연하다. (공부를 정말 하기가 싫을 때에는 노래 듣는 것이 집중하는 상태로 이어주는 것에 도움이 될 때도 있었다.)

특히 시험이 2-3주 남았을 때에는 음악을 들으면서 공부한다는 것은 시험 점수가 바닥나든 아무 상관이 없다고 여기는 것과 같다. 그래도 시험 기간이 급박하지 않을 때에는 공부 중에 노래를 듣는 것이 오히려 공부에 흥미가 떨어지지 않게 해준다고 생각한다. 같은 장소에서 같은 시간에 무조건 자습해야 하는 시스템을 가진 학교에서 전체 학생에게 일괄적으로 노래를 듣지 못하게 한다면 그것은 노래를 들어야 공부가 잘되는 학생에게는 너무 불리한 교칙 아닐까? 남에게 피해를 주는 일도 아닌데 말이다. 공부하면서도 노래 들을 자유를, 권리를, 보장받고 싶다.

미추홀외고에서 살아남는 법

이지유

룸메이트가 내게 걱정을 털어놓았다. 디베이트 수행 평가에서 중간에 대본을 제대로 못 읽는 바람에 제한 시간을 넘겼다는 것이다. 룸메는 등급이 낮게 나올까 봐 진심으로 걱정하고 있었다. 나는 이렇게 말했다.

"난 오히려 위기감을 못 느껴서 걱정이야. 대본도 대충 외우는 둥 마는 둥 해서 발표하고, 발표가 망해도 위기감이 안 들어."

공부를 잘해서 한 번도 상위권을 놓치지 않았던 내 룸메이트는 이렇게 대답했다.

"우리 학교에선 위기감 안 느끼고 행복한 사람이 최고야. 난 매일 불안해 죽겠다고."

정말 그런가? 나도 행복해지고 싶은데. 그래서 나는 학교생활을 하며 어떨 때 행복을 느끼는지 생각해 보았다.

우선 가장 먼저 떠오르는 것은 시험 성적이 올랐을 때이다. 1학기엔 성적 욕심이 없었다. 친구들 중에는 중학교 때 영어 성적이 전교 5등 안에 들었다거나, 영어, 수학 이외의 과목은 수업만 열심히 들어도 성적이 알아서 꼬박꼬박 잘 나온다고 말하는 이들이 있었다. 이런 아이들에 비해 나는 중학교 때 영어를 제외하면 평균 성적 또는 평균 이하의 성적을 받았었기 때문에 다른 아이들에 비해 당연히 시험을 못 볼 것이라고만 생각했다.

그런데 1학기 중간 고사의 석차는 의외였다. 공부를 열심히 안 했음에도 내 등수 아래로 00명의 아이들이 있다는 건, 왠지 조금만 더 열심히 공부하면 훨씬 더 높은 등수에 오를 수 있지 않을까, 하는 희망도 생겼다.

그래서 기말고사 때에는 수학 학원과 영어 학원까지 다 끊고, 혼자 힘으로 좋은 성적을 내겠다는 자신감 하나로 열심히 공부했다. 그 결과 국어는 5등급에서 1등급으로, 영어는 5등급에서 3등급으로, 전공어는 5등급에서 4등급으로 오르는 등 한 과목도 빠짐없이 점수를 올릴 수 있었다. 등급은 '리로스쿨'이라는 우리 학교 학생들이라면 적어도 하루에 한 번씩은 들어가 보게 되는 공지사항, 과제 제출 등 다양하게 잘 이용되고 있는 사이트에 게시되는데, 리로스쿨에 게시된 내 기말고사 등급을 보는 순간 닭살 돋는 것처럼 쾌감을 느꼈다. 이후 며칠 동안이나 입학 후 거의 처음으로 '이 정도면 행복하다'고 생각했다. 글을 쓰고 있는 지금 시점에서 2주 후면 1학년 2학기 중간고사를 본다. 이 쾌감을 다시 느끼고 싶기 때문에 쥐 죽은 듯이 공부할 작정이다.

이것 말고도 행복한 순간은 또 있다. '나중에 꼭 해야지', '저건 꼭 이루고 싶다'는 생각이 떠오르는 순간이다. 우리 학교에는 과목이 많고,

과목마다 배우는 내용도 많다. 그래서 수업을 하거나 선생님, 친구들과 대화하는 도중 서로에게 영감을 받아 뭔가를 하고 싶은 걸 발견할 때가 있다. 오늘은 또 어떤 '하고 싶은 것'이 생겼는지 말해 보자면, 실험 시간에 기후 관련 도서를 읽던 도중 과소비를 좋아하던 한 예술가를 알게 되었다. 나는 평소에 예술과 환경에 관심이 많았다. 그래서 이 예술가를 비판하는 포스터를 제작하고 싶다는 생각이 들었다.

또 자신의 전공 언어의 도서를 함께 읽는 방과 후 활동인 '창의독서 아카데미'가 끝난 후 담당 선생님으로부터 스케줄을 정리하는데 유용한 앱인 '노션'을 소개받아 나도 선생님처럼 꼼꼼하고 깔끔하게 딱딱 정리하는 멋있는 사람이 되리라 다짐했다. 이렇게 내가 언제 행복함을 느끼는지 나열해 보니 난 내 학업적인 능력이 발전했다는 것을 객관적으로 볼 수 있을 때 행복하다는 것을 알게 되었다. 내 행복 포인트를 계속 적립하면서 몸도 정신도 살아남는 자가 되겠다!

우정

이한슬

나에게는 6살 때부터 18살인 지금까지 친하게 지내는 친구가 한 명 있다. 우리는 같은 유치원, 초등학교, 중학교를 졸업했고, 함께 오케스트라를 해서 붙어 있는 시간이 많았다. 고등학생이 된 지금은 학원 가느라 시간도 없고, 또 내가 기숙사 생활을 하고 있어 친구와 예전처럼 자주 보지 못한다. 그래도 꾸준히 연락하며 안부를 묻고 시험이 끝나거나 방학이 되면 꼭 만나서 그동안 못했던 이야기를 하곤 한다. 7월 말, 여유롭게 방학을 보내고 있을 때 친구로부터 메시지 하나가 왔다.

"우리 언제 만날까?"

오랜만에 친구를 보게 되어 신난 마음에 나는 "금요일 어때? 우리집에서 영화 보자!"라고 답장했다. 목요일, 내일 친구와 먹을 음식들을 사고 집을 치우며 친구 맞을 준비를 했다. 저녁 7시에는 학원에 가야 하니 오전 11시에 일찌감치 오겠다는 친구의 말에, 나도 평소보다 조금 일찍 침대에 누워 하루를 마무리했다.

약속했던 금요일이 왔다. 평소보다 이른 시간에 일어나 친구를 맞이

할 준비를 했다. 11시가 조금 지난 시간, 초인종 소리가 집 안에 울려 퍼졌다. 나의 친구였다. 우린 먼저 영화를 보기로 했다. 소파에 나란히 앉아 영화를 고르던 중 친구가 한 가지 제안을 했다.

"우리 어렸을 때 보던 영화 볼까?"

우리가 6살, 7살이었을 때 친구가 우리집에 놀러 오면 아빠는 우리에게 항상 영화를 보여 줬다. 단추 눈의 마녀가 너무 무서웠던 〈코렐라인〉, 너무나 아름다운 공주가 나왔던 디즈니 영화들, 날개를 움직이면 반짝이는 가루가 나오는 요정인 팅커벨 등의 영화는 우리가 너무 좋아하던 영화여서 네다섯 번은 봤던 것들이었다. 이 영화들을 보면 우리가 마치 6살로 돌아간 기분이 들고, 보면 볼수록 영화 속 디테일을 알게 되는 것 같아서 18살인 지금까지도 우리는 서로의 집에 가면 이 영화들을 다시 보곤 했다. 〈코렐라인〉은 작년에 내가 친구의 집에 놀러 갔을 때 보았으니 오늘은 팅커벨 시리즈를 보기로 했다. 팅커벨 시리즈 영화를 두 편 보고도 성에 안 찼는지 우리는 〈코코〉, 〈메리다와 마법의 숲〉 등 4편의 영화를 몰아서 다 보았다.

"분명 11시였는데 왜 5시지?"

영화만 보고 있다가 시계를 보니 6시간이 지나 있었다. 높이 떠 있던 해는 벌써 떠날 준비를 하고 있었고 창문 밖 놀이터에서는 아이들이 노는 소리가 들려왔다. 이제 꿈에서 깨어날 시간이라고 말하는 것 같았다. 너희는 더 이상 6살이 아니라고. 팅커벨이 데려갔던 네버랜드에서 이젠 나올 시간이라고. 그렇게 말하는 것만 같았다.오후 5시라는 말을 듣고 깜짝 놀란 친구는 학원에 갈 채비를 했다.

"아 맞다. 나 교환일기 가져왔어!"

친구가 가방에서 우리가 초등학교 5학년 때 썼던 교환일기를 꺼내며 말했다. 초등학교 시절, 우리는 한 번도 같은 반이 되지 않았다. 같이 놀고 싶고 비밀도 말해 주고 싶은데 다른 반이고 학교가 끝난 뒤에는 학원에 가야 했기에 우리는 교환일기를 쓰기로 결정했다. 우리는 같은 반 친구랑 싸웠던 이야기, 오케스트라 끝나고 같이 놀았던 이야기 등을 일기로 쓰고 혹은 함께 간 여행이 있다면 여행에서 찍은 사진이나, 티켓 등을 교환일기에 붙였다.

오랜만에 교환일기를 읽다가 "한슬이와 오랜만에 서울랜드에 갔다. 우리는 많은 놀이기구를 타며 놀았다. 특히 은하철도 888이 너무 재밌어서 세 번은 탄 것 같다. 다음에도 또 가고 싶다."라고 적힌 일기와 입장권이 붙여진 페이지를 오랜만에 발견했다. 나와 내 친구는 서울랜드를 정말 좋아한다. 어린 시절에 둘이서 항상 가던 놀이공원이기도 했고 사람도 많이 없어서 줄을 오래 기다릴 필요가 없었기에 타고 싶은 놀이기구를 몇 번이고 탈 수 있어서였다. 그때 기억이 너무 좋아서, 우리는 아직까지도 만나면 다시 그곳에 가자고 이야기하곤 한다. 우리가 초등학교 5학년 때 쓰던 교환일기를 18살이 된 지금 다시 이어 쓰게 된 건, 사실 서울랜드 때문이다.

"한슬아, 우리 서울랜드에서 찍었던 스티커 사진 가지고 있어? 그거 찾고 있는데 안 보여"

올해 초, 친구는 오랜만에 예전 생각이 나 그곳에서 찍은 스티커 사진을 찾아보고 있었다. 그런데 아무리 방을 뒤져도 보이지 않자, 나에게 문자로 물어보았다. 나 역시 열심히 찾아보고 있던 와중 친구가 사진 한 장을 보내왔다. 우리가 쓰던 교환일기 사진이었다.

"스티커 사진은 못 찾았는데, 이건 찾았어. 우리 이거 이어서 쓸까?"

그렇게 해서 올해부터 우리는 다시 교환일기를 쓰게 되었다. 2023년, 1학기 중간고사가 끝나고 봄에서 여름으로 넘어가고 있던 그때, 내가 친구에게 일기를 써서 건네주었는데. 1학기 기말고사가 끝나고 여름방학이 된 지금 다시 일기장을 받게 되었다. 나와 내 친구는 이 일기장을 처음부터 끝까지 다시 읽어보며 이야기를 나누었다.

"너 이때 엄청 웃겼는데."
"우리 어렸을 때 엄청 귀여웠네."

시간이 지나 빛이 바랜 종잇장을 보니 우리가 얼마나 오래 함께 지냈는지 느껴졌다. 일주일에 한 번씩 쓰던 일기가 이제는 두세 달에 한 번 겨우 쓰는 걸로 바뀌었다니. 우리가 정말 고등학생이 되었고, 서로 바빠져 자주 볼 수 없다는 걸 실감했다.

"근데 나 이 책도 가져왔어."

내가 추억에 잠겨 있는 동안 친구는 가방을 뒤적거리더니 정말 반가운 책 하나를 꺼냈다.

〈돌이킬 수 없는 약속〉(야쿠마루가쿠 지음)이었다. 이 책은 중학교 1학년인 2019년, 반전의 반전을 거듭하며 엄청나게 재밌기로 유명했던 베스트셀러였다. 당시 나는 이 책이 나오자마자 사서 읽던 중 친구가 빌려달라고 하는 바람에, 어쩔 수 없이 빌려주었었다. 빨리 읽고 돌려 달라고 말했었는데, 4년이 지난 지금에서야 돌려받다니. 사실 너무 옛날 일이어서 이 책을 친구가 갖고 있었다는 사실도 까먹고 있었다. 나는 너무 황당해서 웃음만 나왔다.

"어쩌다 보니 이제야 주게 되었네. 나 교환일기 쓰고 있을 테니까 책 구경하고 있어 봐."

일기를 다 쓴 친구는 이제 정말 학원에 가야 한다며 집을 나섰다. 친구의 아버지가 정문으로 오신다는 말에 데려다주곤 다시 집에 와 오늘 친구가 쓴 일기를 읽어 보았다.

"오랜만에 한슬이와 만났다. 우리는 치킨을 먹으며 영화 4편을 보았다. 완전 힐링하는 기분! 한슬이가 먼저 만나자고 해줘서 너무 감동이었다. 많이 사랑해."라고 적힌 (사실 엄청 많은 내용이 있었지만 개인정보가 많아서 간단히 쓴 것이다.) 일기를 보며 웃음이 나왔다.

"아까 내가 읽은 너의 초등학교 5학년 때 일기에서도, 지금 읽은 너의 고등학교 2학년의 일기에서도 넌 변함이 없구나. 부끄러워 감정표현을 잘 못하는 나와는 달리 서슴없이 사랑한다고 말해 주고 보고 싶다고 말해 주는 것들, 내가 느끼기엔 사소한 것들을 전혀 사소하지 않다고 생각하고 그것들에게 감사하며 감동이라고 해주는 말들, 그리고 특유의 사랑스럽고 긍정적인 너의 말투는 그때도 지금도 똑같아."

　내가 좋아하던 친구의 장점은 변함이 없었다. 여전했다. 그리고 그 여전함 때문에 나는 안도감을 느낄 수 있었다. 우리가 아주 오래 친구로 지낼 것이라는 안도감.

　　　　　　　　　　　　　　　　　　　　　　PART2. 자유 주제

이별준비 (Part 1)

이한슬

우리 학교는 수학여행을 외국으로 간다. 과마다 목적지가 다른데, 스페인어과와 프랑스어과는 싱가포르, 중국어과는 대만, 일본어과는 일본이다. 나는 중국어과이니 당연히 대만이다. 원래는 1학년 때 갔어야 했지만, 코로나로 연기되는 바람에 올해 1, 2학년이 함께 움직이게 되었다. 나와 같은 방을 쓰기로 한 지수는 벌써부터 "대만에서 꼭 사 와야 하는 것, 꼭 먹어야 하는 것"들을 찾아보고 밤에 호텔에서 무엇을 할지 계획을 세웠다.

대망의 수학여행 당일, 공항에 모인 우리는 들뜬 마음으로 사진도 찍고 면세점을 구경했다. 오랜 대기 시간이 지나고 드디어 비행기에 탔다. 나는 창가 자리에서 하늘을 마음껏 구경하고 싶었는데 하필이면 네 명이 함께 앉아 가는 자리에 앉게 되었다. 운이 없다고 생각하던 찰나에, 내 줄에 앉는 친구들을 보고 비행하는 시간이 그래도 심심하지 않겠다는 생각이 들었다. 왜냐하면 세 명 모두 작년에 나와 같은 반이었던 친구들이기 때문이다. 우리 학교는 한 반에 18명~25명 정도가 있다. 학생 수가 적고 기숙사 학교여서 함께 있는 시간이 많다. 그래서 학기 말이 되면 거의 모든 친구와 친해진다.

아무튼 나와 나란히 앉게 된 친구들을 소개해 보자면, 꼼꼼하고 과학을 좋아하는 재성이, 노래를 잘 부르고 발랄한 나의 대만 호텔 룸메이트 지수, 영어를 정말 잘하고 언어유희를 좋아하는 유진이다. 우리는 가는 동안 끝말잇기도 하고 비행기에서 볼 영화도 같이 고르고 사진도 같이 찍고 대만 버킷리스트도 같이 세우는 등 도란도란 이야기를 했다. 세 명 다 나와 잘 맞는 친구들이어서 그런지 사소한 것에도 웃음이 나오고 계속해서 장난치고 싶고 그랬다. 덕분에 수학여행을 다녀온 지 4개월이 지난 지금, 수학여행 때 가장 즐거웠던 순간 중 하나가 바로 대만행 비행기 안에서 이 친구들과 수다 떨었던 것이다.

대만에 도착하자마자 나를 반긴 것은 습한 공기였다. 이 공기를 4일 동안 마실 것을 생각하니 벌써 불쾌지수가 올라가는 기분이었다. 이런 생각과는 반대로 대만은 무척 재밌었다. 모든 표지판, 간판이 한국어가 아닌 중국어라니, 그동안 배웠던 중국어를 쓰는 곳에 내가 왔다니, 한국과 다른 문화들을 보며 오히려 설레었다.

설레는 대만 1일차 일정을 마무리하고 호텔로 돌아왔다. 성공적인 밤을 보내기 위해 지수와 나는 편의점에서 여러 음식을 사왔다. 그리고 S와 숭이를 우리 방으로 불러 많은 이야기를 나누었다. 그러다가 갑자기 지수가 충격 발언을 하였다.

"재성이 2주 뒤에 전학 간대."

재성이는 정말 꼼꼼하고 과학을 좋아하는 아이이다. 아무래도 외고와는 잘 안 맞은 탓인지 결국 전학을 가기로 결정했다고 한다. 고등학교 입학 첫날, 재성이의 무서운 인상 때문에 쉽게 다가가지 못했던 기억이 난다. 분명 차갑고 시크한 아이처럼 보였는데, 내가 생각한 이미지와 재성이는 완전히 달랐다. 책 읽는 것을 좋아했고 다정한 위로와 공감을 해주는 따뜻한 아이였다. 1학년 시절, 나는 재성이와 짝이 된 적이 있다. 그 시절을 기준으로 내 인생이 변한 것 같다. 계속되는 불안과 우울 때문에 방황하고 있던 나에게 자신감을 불어넣어 주고, 나의 장점을 알려주며 자존감을 지켜주었던 재성이 덕분에 나는 힘든 시기를 잘 이겨낼 수 있었다. 재성이의 별명은 곰이었다. (절대 곰을 닮은 것은 아니다.) 이 별명은 2학년 때 빛을 보게 되었다. 내가 재성이를 곰이라고 무지막지하게 놀려서 그런지 같은 반 친구들도 선생님도 재성이를 곰이라고 부르고 다녔었다. 그렇게 "곰"이라는 이미지가 굳어 모두가 재성이를 친근하게 대하곤 했다. 또한 재성이와 나는 집이 가까워 학원도 같이 다니고 가끔 어머니들이 우리를 같이 데려다주시곤 했다.

이렇게 나눈 추억도 많고 내가 정말 많이 의지했었던 재성이가 전학을 간다니. 1학년 때부터 전학 갈 수 있다는 이야기를 해 왔지만, 실제로 벌어질 일이라고 생각한 적이 없었다. 게다가 2주일 뒤란. 나는 너무 놀란 나머지 갑자기 눈물이 쏟아져 내렸다. 거짓말이라고 믿고 싶었지만, 정말 거짓말이길 바랐지만, 지수의 얼굴이 너무 진지해 보여서 그리고 지수 역시 슬픔에 잠겨 있는 것이 보여서 거짓말이냐고 물어볼 수 없었다. 그런데 그런 지수가 더 믿기 힘든 말을 했다.

"근데 사실 나도 한 달 뒤에 유학 가."

"엥?"이라는 말이 생각도 하기 전에 먼저 달려 나왔다. '내가 너무 울어서 지금 장난쳐 주는 건가, 지금 이게 대체 뭔 상황이지?'라는 생각이 들었다. 정말 장난이라고 생각했던 나와는 다르게 숭이가 울음이 터졌다.

"진짜 안 울려고 했는데, 그것까지 말하면 더 눈물 나잖아."

'아, 진짜구나.'

머리를 한 대 얻어맞은 기분이었다. 내가 지금 꿈을 꾸는 건가? 어떻게 두 명이 갑자기 전학을 갈 수 있는 거지? 그것도 왜 다 나한테 소중한 친구들만 가는 거지? 이런 생각들로 나는 서러워졌다. 성공적이길 바랐던 우리의 첫날밤은 눈물 파티가 되어 버렸다.

다음날, 재성이를 만나자마자 물어보았다. 왜 나한테 미리 말해 주지 않았냐고. 내 눈은 퉁퉁 부은 채였다.

"미리 말해 주지 못해서 미안해."

이미 전학 가는 것이 확정이고 지금 우리가 함께 지낼 시간이 얼마 없다면, 현재를 더 소중하고 가치 있게 지내는 것이 낫겠다는 생각이 들었다. 앞으로는 나누지 못할 대화나 실컷 하자고 말했다. 너희가 가면 난 정말 심심할 거라고, 이제 누구한테 고민을 말해야 할지 모르겠다고. 내 말에 친구들도 자신을 잊지 말아 달라고, 자주 연락하겠다고 했다. 1학년 때의 재밌었던 기억을 함께 떠올리며 추억 여행도 했다. 대만을 누비는 버스 안에서 우리는 많은 대화를 나누며 이별을 준비했다.

행복과 기쁨이 공존했던 수학여행이 끝났다. 그리고 우리의 이별은 이제부터 시작이었다. 가장 먼저 전학을 가게 된 재성이. 재성이는 수학여행이 끝난 후 그 다음 주를 기준으로 8일 뒤에 전학을 가기로 했다. 그 8일 동안은 정말 우리 반 전체가 눈물바다였던 것 같다. 재성이를 보낼 준비가 되지 않았던 친구들은 눈물을 보였고 아쉬움을 내비쳤다.

나는 수학여행 기간에 감정 정리가 되었는지 더는 눈물이 나지 않았다. 우리 반 친구들과 함께, 재성이 송별회를 해주기로 했다. 다 같이 돈을 모아 케이크도 사고 영상도 만들고 롤링페이퍼도 적어서 마지막 날 선물하기로 했다.

주말인 일요일. 나와 같이 다니는 국어 학원에 재성이가 마지막으로 오는 날이었다. 이날은 학원에서 송별회를 하며 인사를 건넸다. 인사를 하는 순간까지도 눈물이 나오지 않아서 정말 친구와의 이별을 받아들였다고 생각했다. 그러다 다음 날, 재성이가 올린 글을 읽게 되었다.

학교를 떠나는 슬픈 마음과 친구들에 대한 고마움, 아쉬움, 그리고 다시 만나자는 기대와 약속까지, 긴 글에는 재성이의 진심이 담겨 있었다. 글을 읽고 나는 완전히 깨달았다. 이별을 인정했다는 생각은 오만한 생각이었단 것을. 재성이와 지수를 잘 보낼 수 있을 거라는 나의 오만. 그 오만이 너무나도 한심해서 애써 감정을 무시하려던 내가 너무 한심해서 그리고 재성이의 글이 자꾸만 나를 울렸다. 이제 정말 내 감정을 마주할 때인 것 같았다. 눈물을 흘리며 재성이에게 건넬 편지를 써 내려갔다.

그리고 정말 오지 않을 것 같았던, 학교에서 보내는 재성이와의 마지막 날이 왔다. 송별회는 예상대로였다. 많은 아이들이 울었고 이별을 아쉬워했다. 나는 재성이에게 편지와 선물로 산 샤프를 건네며 말했다.

 "안녕, 정말 안녕"

　　　　　　　　　　　　　　　　　　　　　　　　PART2. 자유 주제

이별준비(Part 2)

이한슬

재성이를 보내고 우리는 정말 원래대로 돌아온 것 같았다. 매일 받는 똑같은 수업과 규칙적인 식사, 공부들. 정말 변함이 없었다. 왠지 모를 공허함만 가슴 속에 남아 있을 뿐. 우리는 6월 모의고사와 엄청난 양의 수행평가, 다가오는 시험 준비로 감정을 붙잡을 여유가 없었다. 그렇게 바쁘게 하루하루를 마치다 보니 이젠 지수를 보낼 시간이 다가왔다.

지수. 노래를 잘 불러서 학교 밴드부 보컬을 했고, 발랄하고 잘 웃는 지수. 입학한 날, 내 앞자리에 앉은 지수와 이야기하며 학교에 적응해 나갔다. 내가 인간관계로 힘들어할 때, "모두가 너를 싫어해도 난 너를 좋아할 거니까 걱정 마."라고 말하며 안아줬었던 지수. 대만에서 같이 방을 쓰며 지수에 대해 더 많은 걸 알게 되었고 그래서 의지하는 마음도 컸는데.

사실 나는 재성이와 이별을 한 번 해봤으니 두 번째는 좀 더 수월할 줄 알았다. 이미 많이 울었고, 재성이의 송별회 때도 난 울지 않았으니까. 난 정말 괜찮을 거라 생각하며 지수와의 이별을 준비했다.

"나 유학 가는 학교에서는 전자기기를 사용할 수 없대. 그래서 연락

못 해."

　재성이는 전학 후에도 나와 연락하며 잘 지내고 있었는데, 지수는 연락조차 할 수 없다고 했다. 이 말에 감정이 이상해졌다. 나는 어떤 감정인 걸까. 이별이란 게 무엇이길래 자꾸 울음이 터지는 걸까. 이런저런 고민을 하며 지수에게 어떤 말을 해야 할지 어떤 선물을 줄지 생각했다.

　지수와의 마지막 날, 아침 일찍 일어나 지수를 위해 특별한 편지를 만들기 시작했다. 그동안 지수와 찍었던 사진을 모아 아이패드로 편집하고 그 사진 아래 코멘트를 적어 파일을 만들어 두었다. 아침에 지수에게 이 편지를 건네니 지수 역시 눈물을 보였다.

　"정말 감동이야. 나 이거 프린트해서 꼭 가져갈게."

　지수는 나의 긴 편지를 다 읽고는 사물함으로 가더니, 편지 한 통을 내 자리에 두었다.

　"너에게 편지를 쓰는 건 처음인 것 같아. 우리 그동안 같이 다녔었는데, 진지한 이야기를 못해서 많이 아쉬웠어. 그래도 대만에서 계속 붙어 다니면서 서로에 대해 더 알고 솔직한 이야기들을 나에게 말해줘서 너무 고마웠어. 너랑 함께 대만에 가서 정말 즐거웠어. 더 함께 하지 못해 너무 아쉽다. 그동안 고마웠어."

　편지를 읽자마자 나는 또 울어 버렸다. 학교에서는 정말 안 울 자신이 었는데 그런 자신감이 완전히 무너져 버렸다. "나도 너와 더 많은 시간을 보내고 싶었어. 나도 너와 대만 가서 너무 행복했어."라고 전해 주고 싶었다. 그런데 눈물이 멈추지 않아 아무 말을 할 수 없었다. 지수는 이미 내가 하고 싶은 말이 무엇인지 다 안다는 듯 나를 꼭 안아 주었다.

지수의 송별회 시간이 다가왔다. 케이크와 영상을 준비하고 롤링페이퍼를 만들며 우리는 또 다시 이별을 준비했다. 나와 반 친구들 모두 많이 울었고 많이 아쉬워했다. 유학가면 언제 돌아올지 모르고, 심지어 연락도 잘 할 수 없으니 우리는 더 속상했던 것 같다.

"안녕, 안녕."

그렇게 나와 친구들은 두 번의 이별을 경험했다.

교장 선생님

정윤아

올해 우리 학년이 고등학교 입학하면서 김진영 교장 선생님도 새로 부임하셨다. 입학식 때 교장 선생님은 시를 낭독하셨다. 정말 인상적이었고 참 좋았다. 훗날 교장 선생님과 함께 지내면서 선생님께서 문학, 특히 시를 매우 좋아하신다는 것을 알게 되었다.

3월 중순이 되었을 때, 원하는 시를 신청하면 교장 선생님이 시를 필사하여서 직접 교실로 배달까지 해주는 이벤트가 시작되었다. 이 행사에 관심을 갖는 친구들이 무척 많았다. 처음에는 선생님이 직접 자필로 시를 적어 주셨으나, 신청자가 너무 많아지자 '김진영체'를 만들어 인쇄물 형식으로 뽑아 주셨다.

나도 한 번 시를 신청해 본 적이 있다. 중국어를 배우며 알게 된 이백의 '정야사(静夜思)'라는 중국 고시를 간체자로 신청하였다.

静夜思
李白
床前明月

意式是地上
举头网明夜
低头思故乡

정야사
　　　이백
침상 앞 스며드는 밝은 달빛
땅에 내린 서리가 아닌가 생각하였네.
고개 들어 산 위에 뜬 달을 바라보고
그만 머리 숙여 고향을 그리네.

　고요한 달밤 속에서 고향을 그리워하는 마음을 잘 표현한 시다. 이 시를 읽고 있으면 고향을 무척이나 그리워하는 마음이 나에게까지 느껴지는 거 같다. 교장 선생님은 금방 배달해 주셨다. 신청한 지 2, 3일도 안 되어 도착한 것 같다. 하지만 아쉽게도 교장 선생님이 교실로 편지 배달 오셨을 때 나는 교실에 없었다. 교장 선생님을 직접 뵙지 못해 무척 아쉬웠다.

　교장 선생님이 주신 시 엽서는 양면으로 되어 있었다. 한 면에는 내가 신청한 시의 한자와 한국어, 다른 한쪽에는 구약 성서의 두 문장이 적혀 있었다. 그런데 한자가 내가 원했던 간체자가 아니었다. 애초에 원래 시도 간체자가 아닌 번체자로 쓰였지만 그래도 아쉽다. 교장 선생님은 글쓰기 모임을 할 때도 종종 시를 나눠 주셨다.

　이외에도 교장 선생님은 내가 현재 참여하고 있고 이 글을 쓰고 있는,

학생들과 함께 글 쓰고 그 글에 대한 이야기를 나누는 '북소리 책다방'을 운영하고 수업 시간에 우리에게 교훈을 주는 특별 강연을 진행하셨다. 이때도 우리에게 시를 나누어 주셨다. 바로 '진정한 여행'이라는 시다. 또한 학교 작은 음악회에서 심청전 판소리 공연을 학생들 앞에서 선보이셨다. 판소리를 수준급으로 잘하셨다. 교장 선생님과 소통하면서 우리는 점차 교장 선생님과 친해지기 시작해 일상적인 이야기를 같이 나눌 정도로 가까워졌다.

그동안 학교에 다니면서 만났던 교장 선생님들은 모두 권위적이었고 다가가기 무서웠다. 그래서 교장 선생님과 마주칠 때마다 조금 긴장되었다. 교장 선생님들은 원래 카리스마를 가지고 있어야 하는 줄 알았다. 그런데 김진영 교장 선생님을 만난 후 이 생각은 완전히 바뀌었다. 선생님은 먼저 우리에게 다가와 주셨고 우리와 친해지려고 노력하셨다. 또한 우리가 불편하지 않게 친숙한 모습과 태도로 다가오셨다. 세상엔 '편안한 카리스마'도 있다는 걸 교장 선생님을 통해 알게 되었다.

허물없는 모습으로 학생에게 먼저 다가와 주시고 우리와 친하게 지내려고 노력하신 선생님. 또한 우리에게 시의 진정한 아름다움을 알려 주신 분. 나는 교장 선생님을 오랫동안 잊지 못할 것 같다.

수행평가 기간

정윤아

우리 학교는 수행평가가 진짜 빡세다. 수행평가 기간이면, 금요일 밤 집에 들어선 순간부터 월요일 아침 등교할 때까지 거의 수행평가 준비만 하다가 학교에 와야 한다. 잠도 10시간밖에 못 잔다. 하루에 10시간이 아니라 3일에 10시간이다. 어떤 친구는 일요일까지 과제를 하다가 완전히 밤을 새우고 다음날 학교 오는 길에 30분에서 1시간 정도 짧은 잠을 보충한다고 했다.

수행을 하다 보면 주말이 사라져 버린다. 그래서 이 시기엔 주말에 집에 가는 것이 겁이 난다. 얼마나 많은 과제가 나를 기다리고 있을지 걱정이 된다. 더 안 좋은 것은 수행평가 시즌이 끝나면 곧 시험이 다가온다는 점이다. 지난 1학기 수행평가는 시험 1주 전에야 완전히 끝났다. 그래서 시험공부를 충분히 할 수 없었다. 나는 벼락치기가 가능한 과목만 간신히 외우고 수학, 영어 등 꾸준히 해야 하는 과목들은 제대로 대비하지 못한 채 시험을 봤다.

드디어 2학기 수행평가 시즌이 다가왔다. 수행이 끝난 후에는 중간고사를 볼 테고, 그 후로 1주일 정도 뒤에 우리는 수학여행을 간다. 갔다

오면 기말고사가 또 얼마 안 남는다. 지금 느낌으로는 그때쯤이면 2차 수행평가가 시작할 것 같다. 다음 주에만 벌써 영어, 영어권 문화, 중국어, 디베이트 등 4개의 수행을 치러야 한다.

영어 수행평가는 '돈으로 살 수 없는 것들'(what money can't buy)을 주제로 발표하는 것이다. 그러려면 대본과 ppt를 만들어야 한다. 우리 학교는 한 학기마다 한 권씩 영어 원서를 선정하여 그것으로 수업한다. 이번 학기 원서는 'what money can't buy' (마이클 샌델)이다. 돈으로 살 수 없는 것을 실제로는 사고 있는 현실에 대한 책이다. 각자 사례를 한 가지 제시하고 그것에 대해 시장적, 비시장적 관점으로 발표하는 것이다.

디베이트도 역시 발표를 준비해야 한다. 디베이트도 역시 원서가 있는데 그 원서에 관한 내용을 발표하는 것이다. 디베이트 원서는 'Ethics on the world'(세상의 윤리관)이다. 다양한 세계 문제 및 이슈 등을 제시하고, 저자인 피터 싱어의 의견을 말한 책이다. 수행 평가는 이 책에서 한 가지 챕터를 골라 저자의 의견에 찬성하는지 반대하는지 내 의견을 쓰는 것이다.

영문(영어권 문화)은 원래 이번 주였는데 선생님께서 개인 사정으로 일주일 동안 학교 못 오시게 되어서 미뤄졌다. 이 역시 발표다. 우리는 지난 4주간 모의 사업 계획 활동을 했으며 다음 주 드디어 결과를 발표한다. 이를 위해 미리 대본을 써서 외워야 한다. 수행 평가 발표 대부분 암기를 해야 한다.

중국어 수행평가는 단어 시험으로 본다. 나는 중국어과 학생이다. 우리는 한 단원이 끝날 때마다 단어 시험을 본다. 중국어에는 성조와 한자가 있어 외울 게 두 배로 많다. 나는 한자는 자신 있지만 성조가 참 어렵다. 항상 성조에서 점수를 다 깎인다. 그래서 나는 성조를 더 열심히 외우고 있다.

비록 수행평가가 어렵고 버겁긴 하지만, 자꾸 하다 보니 점점 익숙해지고 노하우가 쌓이는 거 같다. 또, 과제를 하면서 점점 발전하는 나를 느낄 수 있는 거 같다. 학교에 와서 처음으로 했던 과제와 한 학기가 지난 지금 것을 비교해 보면 정말 많이 발전한 것 같다. 글은 항상 연구 결과나 근거 등을 바탕으로 논리적으로 써야 한다. 다른 학교에 비해 기준이 무척 까다로운 것 같다. 오죽하면 우리 학교 수행평가를 이름만 바꿔 대학교에 제출하면 a+ 받는다는 소문이 있을 정도이다.

그만큼 힘들지만 그래도 그만큼 발전할 수 있어서 좋은 거 같다. 선배님들이 2학년 되면 과제가 더 많아진다고 하셨다. 두렵기도 하고 기대되기도 한다.

중국 상하이

정윤아

요즘 어린 시절을 보냈던 중국 상하이가 그립다. 나는 4살 때 중국에서 일하게 된 아빠를 따라 중국으로 갔다. 처음 우리가 간 곳은 중국 청도이다. 유명한 맥주 이름인 '칭다오 맥주', 그 청도가 맞다. 맥주 공장 견학을 가 본 적도 있다. 나는 그곳에서 유치원부터 초등학교 2학년 1학기까지 보냈다.

그곳엔 한인들이 많이 살지 않아 한국 학교가 없었다. 그래서 나는 중국 학교에 들어갈 수밖에 없었다. 그 학교에는 한국인이 얼마 없었다. 전 학년에 나 포함 10명도 안 됐던 거 같다.

나는 중국 유치원을 1년만 다니고 나머지는 한국 유치원을 다녔기 때문에 중국어가 서툴렀다. 그래서 학교 수업을 이해하고 친구들과 대화하는 데에 어려움이 많았다. 수업 시간에 따로 한국 문제집을 풀거나 책을 읽었다. 쉬는 시간이나 자유 시간에 한국 친구들과 놀거나 책을 봤다. 그 결과 나는 책벌레가 되어 버렸다.

중국 학교의 신기한 점은 학교에서 급식을 안 준다는 것이다. 학생들은 점심을 먹기 위해 집에 갔다가 점심시간이 끝나면 다시 왔다. 나도 집에서 밥을 먹고 다시 학교 가서 오후 수업을 들었다. 주말에는 주말 학교를 다녔다. 그곳에서 한국 교과서로 국어를 배우고 다양한 활동을 하였다.

　내가 9살이 됐을 때 우리 가족은 상하이로 이사하게 되었다. 상하이는 엄청나게 큰 도시이고 중국의 경제 수도이다. 와이탄 강 쪽에 가 보면 정말 은행이 많다. 상하이에는 한국 사람들도 많이 살았다. 우리 집은 한인타운에 있었고, 그곳엔 한국 학원과 한국 음식점, 슈퍼가 있었다. 심지어 여러 학원과 레고방, 한국 브랜드 가게, 한국 음식점이 몰려 있는 한국 상가가 있을 정도였다.

　3월에 나는 상해 한국 학교로 전학을 갔다. 청도에서 다녔던 중국 학교에서 이미 2학년 1학기 과정을 다 끝냈지만, 중국과 한국은 새 학기가 시작하는 때가 다르기 때문에 다시 2학년 1학기부터 다니게 되었다. 중국은 가을 학기제를 사용하고 있다. 7살에 입학하고 9월에 새 학기가 시작된다. 2학년 2학기를 건너뛰고 바로 3학년이 되는 친구들도 있었지만, 나는 한국식 교육에 익숙하지 않고 한국어를 잘 못했다. 한국 수학, 과학도 배우지 않았다. 집에서 부모님과 한국어를 쓰긴 했지만 아무래도 학교에서 중국어로만 배웠기 때문에 다른 친구들에 비해 어휘량이 적었고, 문장 유추 등과 같은 것에 어려움을 겪었다. 그래서 나와 우리 부모님은 2학년으로 전학하기로 결정한 것이다.

　내가 다니던 상해 한국 학교는 한국식 교육을 한다. 한국 교과서로 수업하고 한국인 선생님이 우리를 가르쳐 주신다. 다만 다른 것은 영어와 중국어 수업이 많다는 것이다. 초등학교 4학년 때는 일주일에 6교시씩 영어와 중국어를 배우기도 했다. 지금 우리 학교와 좀 비슷했던 거 같다. 또, 한국에서는 초등학교 때 시험을 안 보는데 중국에선 시험을 봤다. 초등학교 4학년한테도 8교시의 수업을 시켰다. 내가 한국으로 돌아와서 가장 놀랐던 것은 수업 시간이 무척 짧고 시험을 안 본다는 점이었다.

상해 한국 학교에서 처음 만난 담임 선생님을 난 아직도 잊을 수 없다. 선생님은 정말 재미있었고 잘 가르치셨다. 또 교실에서 뱀, 물고기, 햄스터 등 여러 동물을 키우셨다. 뱀은 종종 탈출을 하여 재미와 공포를 유발하기도 하였다. 또한 맛있는 간식도 많이 주셨다. 일기 쓰기 숙제가 있었는데 잘 쓴 정도에 따라 사탕, 껌, 젤리 등을 붙여 주셨다. 이런 소소한 간식들을 받기 위해 나는 일기를 엄청 열심히 썼다. 스티커판 제도를 사용하였는데 선행, 발표 등을 할 때마다 스티커를 하나씩 주셨다. 모은 개수마다 혜택과 선물이 정해져 있었다. 가장 좋은 상은 레스토랑에서 선생님과 함께 밥을 먹는 것이었다. 그러려면 스티커를 500개 가까이 모아야 했다. 나도 이것을 위해 열심히 모으긴 했지만 결국 다 채우진 못했다. 반 친구 중에 단 한 명만 스티커를 채운 것 같다. 재밌는 방식으로 수업을 이끌어 준, 내겐 정말 훌륭한 선생님이었다. 지금도 최고의 선생님으로 기억한다.

학교 수업이 끝나면 학원, 방과후수업을 하거나 친구들과 놀았다. 아무리 한인타운이어도 한국 사람들 전체 인원이 워낙 적었기 때문에 우리는 나이 상관없이 함께 웃고 떠들며 놀았다. 학원에 안 가는 날이면 우리는 놀이터에 모였다. 집에 가는 길에 아주 큰 놀이터가 있었는데 나는 절대 그냥 지나칠 수 없었다. 우리는 엄마를 졸라 조금만 놀겠다는 허락을 받아 내고야 말았다. 그곳은 우리의 최고의 놀이터였다. 함께 놀다 보면 1시간 2시간 시간 가는 줄 몰랐다. 함께 그네 타고 지탈(지옥 탈출)을 하고, 술래잡기를 하다 보면 어느새 3시간이 훌쩍 지나가 있었다. 항상 헤어짐은 너무 아쉬웠다. 우리는 내일 학교 끝나고 또 놀자고 약속했다.

봄, 가을 저녁이면 나는 종종 친구들과 집 근처 공원에서 산책을 하며 놀았다. 우리는 날씨가 좀 선선한 날에는 엄마한테 산책 나가자고 조르곤 했다. 공원 중간에 있는 한국 아이스크림 파는 곳에 들러 '와삭바'를 하나씩 사 들고서 친구들과 길을 걸었다. 그러다가 카드와 탱탱볼 등이 가득 들어 있는 뽑기 기계 앞에서 저절로 걸음이 멈추었다. 아직도 내 서랍에는 탱탱볼이 가득하다. 탱탱볼을 볼 때마다 옛날 생각이 아련하게 난다.

방학마다 엄마, 동생과 함께 한국에 왔다. 우리는 외가에서 지내며 할머니, 할아버지와 함께 방학을 보냈다. 나는 어릴 때부터 외할머니와 매우 친했다. 할머니와 가까운 곳에 살아서 자주 놀았던 덕분이다. 엄마가 말하길 나는 할머니 껌딱지였다고 한다. 집에 있었던 시간보다 할머니와 보낸 시간이 더 많다. 매일 할머니와 시장 가고 할머니 집에서 놀았다. 나는 한국 올 때마다 박물관, 놀이 동산 등 이곳저곳에 놀러 다니고 마트에서 한아름 장난감을 샀다. 나에게 한국은 재미있는 추억이 가득한 곳이다. 매일 매일 신나게 놀고 매일 매일이 즐거웠다. 그래서 나는 한국에 오기를 더 간절하게 바랐던 거 같다. 나는 한국에서의 생활을 줄곧 동경해왔고 한국에서 살면 매일 매일 새로운 일들이 가득하고 즐거울 것만 같았다. 하지만 막상 한국에 와보니 매일 매일 똑같은 거 같다. 날마다 똑같은 삶을 살고 있다. 지금은 오히려 중국에서의 생활이 더 재밌게 느껴진다.

4학년이 되었을 때 아빠가 한국으로 발령받아서 다시 돌아오게 되었다. 그 사실이 너무 신이나 친구들과 떨어져야 한다는 생각을 미처 하지 못했다. 하지만 막상 헤어지니 너무 슬펐다. 지금도 그때 같이 학교 다니고 놀던 친구들이 떠오른다. 대부분 다 연락이 끊겼지만 내가 진짜 친했던 한 친구와는 지금까지 종종 카톡으로 서로의 안부를 물어보며 지내고 있다.

나중에 커서 내가 살았던 곳 청도와 상하이에 꼭 가 볼 것이다. 얼마나 바뀌었을지 궁금하고 내가 자주 가던 곳에서 그때의 추억을 떠올려 보고 싶다.

PART2. 자유 주제

미추홀외고에 오기까지

정윤아

내 꿈은 원래 패션 디자이너였다. 중학교 때 꿈이 외교관으로 바뀌어 외고에 대해 생각하게 되었다. 나는 예전부터 계속 언어 배우는 것을 좋아하고 해외에서 일하기를 꿈꿔왔다. 또한 중학교 들어와서 사회 시간에 국제 외교에 대해 배우면서 흥미를 느껴 외교관이 되기로 결정했다.

어렸을 때 나는 중국에서 일하게 된 아빠를 따라 중국에서 살았다. 그곳에서 현지인들과 대화하고 학교도 다니면서 자연스럽게 중국어를 익힐 수 있었다. 한국에 온 뒤에도 중국어를 까먹지 않도록 꾸준히 배워왔다. 중국어는 배울수록 재미있었다. 매일 새로운 언어를 배우고 실생활에서 사용해 보는 것이 특히 그랬다. 또한 해외에서 일했던 아빠처럼 나도 해외에서 일해 보고 싶다는 마음도 있었다. 우리나라에서만 살았다면 경험할 수 없었을 많은 귀중한 경험을 중국에서 할 수 있었다. 중국에서의 시간은 내 삶을 바꿔 놓을 만큼 큰 영향을 주었다. 여러 다양한 친구들과 만났고 자연스럽게 다른 나라 언어와 문화를 접하고 더 폭 넓은 시야로 세상을 바라볼 수 있게 되었다.

나는 초등학교와 중학교 1학년까지 공부를 많이 하지는 않았다. 코로나19로 인해 학교 수업은 대부분 온라인으로 진행되었고 그마저 제대로 이루어지지 않았다. 1학년 때 배웠어야 했던 내용을 거의 건너뛰다시피 해서 기초가 탄탄히 잡히지 않은 상태로 중학교 2학년 첫 시험을 보게 되었고 매우 처참한 점수를 보게 되었다. 시간을 되돌릴 수 있다면 중학교 1학년 때로 돌아가서 학교 수업을 열심히 들으면서 기초를 다질 것이다. 이 1년은 아직도 내가 후회하고 있는 일이다.

이 일로 나는 '이런 내가 외고에 가서 잘 지낼 수 있을까?'라는 생각과 함께 잠시 미추홀외고에 대한 꿈을 접었다. 그리고 다음 시험에서 더 나은 점수를 받기 위해 최선을 다해 노력하였다. 처음엔 점수가 많이 오르지는 않았지만, 점점 큰 폭으로 상승했다. 이 과정에서 나는 열심히 노력하면 그만큼의 결과가 뒤따른다는 것을 알게 되었고 지금도 이 교훈을 되새기며 열심히 성적 향상을 위하여 노력하고 있다. 결국 3학년 2학기 기말고사에서 처음보다 매우 높은 점수를 받을 수 있었다. 외고에 대한 나의 꿈도 다시 되살아 났다.

3학년 2학기 때, 나는 진짜로 미추홀외고에 대한 깊은 고민을 하게 되었다. 이제 정말 결정해야 할 시기가 온 것이다. 나는 내가 과연 공부 잘하는 애들만 모이는 외고에서 잘 지내고 좋은 점수를 받을 수 있을지 걱정되었다. 몇 주간의 고민 끝에 나는 복잡하게 생각하지 말고 내 그냥 단순히 생각하기로 했다. 나는 외고에서 경험할 수 있는 것들 그런 긍정적인 것들만 생각하기로 하였다. 나는 외고에서 더 전문화된 언어 수업을 받으며 언어 능력을 높이고, 동아리, 디베이트 아티클 수업 등 재미있고 다양한 활동을 하고, 관심사가 비슷한 친구들과 함께 이야기를 나누고 탐구해보고 싶었다.

우여곡절 끝에 드디어 미추홀외고 외고를 향한 첫걸음이 시작되었다. 남들보다 조금 늦은 시기에 자소서를 쓰기 시작했다. 자소서와 면접을 준비할 때 학원의 도움을 받는 친구들도 있었지만 나는 혼자 준비하는 게 더 의미 있다고 생각했다. 내가 나를 가장 잘 아는 사람이기 때문에 나를 진솔하게 가장 잘 나타낼 수 있을 것이라 믿었다. 시간이 오래 걸리고, 혹 떨어진다 하더라도 앞으로 살아가면서 이력서, 자소서 등 나를 표현하기 위해 글 쓰게 될 일들도 많을 것이다. 이런 기회에 한 번 써 보는 것이 의미 있는 활동이 될 것이라 생각했다. 그래서 자소서를 중학교 동안 쌓아 온 내 경험을 바탕으로 최대한 학교에서 원하는 인재상과 나의 장점을 나타낼 수 있도록 작성하였다. 처음에는 쓸 내용이 별로 없어서 문장을 최대한 길게 늘려 1500자를 채우기 위해 노력하였지만, 깊게 생각해 보니 생각보다 쓰고 싶었던 내용이 많아져서 결국 마지막에는 내가 원하는 내용들을 최대한 많이 담고 싶어 문장을 줄일 수밖에 없었다. 처음에는 글이 조금 부자연스럽고 문장이 뚝뚝 나눠지는 느낌이었지만 부모님과 담임 선생님의 첨삭을 받으며 계속 고쳐 나가다 보니 글이 점점 좋아졌다. 글을 쓰면서 뭔가 성장해 나가는 느낌도 들었다. 나는 자소서를 준비하면서 글 실력을 높일 수 있었고 나에 대해 더 자세히 되돌아볼 수 있었다.

내가 지원한 중국어과는 경쟁률이 0.92로 미달이었다. 그렇지만 전년도에 미달이었어도 불합격한 사례가 있어 완전히 마음을 놓을 순 없었다. 그래도 경쟁률이 높은 과보다는 조금 더 편안한 마음으로 임할 수 있었을 거다. 면접에서 큰 실수를 하지 않는 이상 합격할 수 있을 것이라고 생각했다.

그래도 자소서와 생기부, 빈출 질문을 분석하여 100개 이상의 예상 질문을 뽑아서 연습했다. 나는 한 개, 한 개씩 답변을 생각하였고 가족과 선생님을 상대로 모의 면접을 진행하였다. 면접 당일이 되니 너무 떨렸다. 내 순서가 되어 면접실에 들어가니 더욱 긴장이 되었다. 그래도 최대한 면접관님들과 눈을 맞추고 내가 하고자 했던 말을 다 한 거 같다. 면접 질문은 공통 질문 2개 개별 질문 3개가 있었는데 공통 질문의 난이도는 적당했던 것 같았다. 개별 질문에서는 내가 준비한 예상 질문 중 단 1개만 나왔다. 나머지 두 개의 질문에 내가 어떻게 답했는지 잘 모르겠다.

결과적으로 나는 미추홀외고에 합격했고 지금 이 자리에 있을 수 있었다. 아직 한 학기밖에 안 지났지만, 지금까지는 외고 입학을 결정한 것에 매우 만족하며 재미있게 지내고 있다. 우리 학교에서 나는 다양한 경험을 할 수 있었다. 또한 과제, 시험 등으로 인해 힘들었지만 그만큼 성장할 수 있었다. 앞으로 남은 고등학교 생활도 기대된다.

해오름 호수

정윤아

학교 앞에는 넓은 호수가 있다. 호수의 정식 이름은 '해오름 호수'다. 그런데 우리 학교에선 '정정호'라고 부른다고 한다. 정정호는 우리 학교 2대 교장 선생님의 성함이다.

우리 학교는 기숙사 학교여서 평일에는 밖에 나갈 수 없다. 우리는 본의 아니게 외부와 단절되어 있다. 하지만 이 호수만은 예외이다. 이 호수는 우리가 교문을 지나 밖으로 나갈 수 있는 유일한 곳이다. 학생들은 점심시간 동안 호수 주변을 자유롭게 이용할 수 있다. 이 호수를 한 바퀴 도는 데에는 약 20분 정도 걸린다. 친구들과 한 바퀴 돌고 점심 먹으러 가기에 딱 좋다.

점심시간에 호수에 가면 교복과 체육복을 입은 우리 학교 학생들과 선생님을 많이 볼 수 있다. 공원을 산책하시는 분들 보다 학생들과 선생님이 더 많을 정도이다. 학생들은 종종 답답하거나 바람을 쐬고 싶을 때 호수에 간다. 넓은 호수를 바라보며 한 바퀴 돌다 보면 답답하고 울적했던 기분이 거짓말처럼 사라지고 다시 잘해보자는 의지가 불타오르기 시작한다.

처음 호수에 가게 된 것은 입학하고 얼마 지나지 않았을 때, 친구들과 함께 한 점심시간이었다. 입학하기 전부터, 선배들과 선생님들이 강력 추천했던 곳이다.

"호수는 꼭 한 번 가 봐야 돼."
"우리 학교 학생이라면 호수는 필수지."

계속 학교에만 갇혀 있다는 느낌이 들다가도 호수에 나가면 기분이 좋고 상쾌해진다. 호수는 생각보다 넓고 예뻤다. 우리 학교 운동장의 서너 배는 되는 거 같다. 호수에는 수영하는 오리, 기분 좋은 공기를 뿜어 내는 나무들, 잉어, 거북이, 연 등 다양한 생물이 살고 있다. 호수 중간에는 물을 뿜어내는 분수도 있다. 맑은 날에는 분수 사이에 생긴 무지개도 볼 수 있다. 호수 건너편에서 본 미추홀외고는 정말 아름다웠다. 우리는 그렇게 한 바퀴를 걷고 나서 밥을 먹으러 갔다. 그 후로도 우리는 점심시간에 종종 함께 호수 산책을 하며 수다를 떨었다.

그러다가 처음 저녁 산책을 나간 것은 입학한 지 약 2주가 되었을 때였다. 나는 고등학교 생활에 조금씩 적응해 나가며 힘든 시간을 보내고 있었다. 학교생활은 내 삶을 완전히 다 바꿔 버렸다. 지금까지 저녁엔 집에서 나만의 시간을 보낼 수 있었고 그 시간만을 바라며 하루를 버텨 냈다. 하지만 여기 오니 저녁에도 학교에 갇혀 공부를 해야만 했다. 5시간 남짓 되는 면학 시간 동안 조금의 휴식 시간을 제외하고 계속 공부만 했다.

내겐 이런 상황들이 너무 답답하고 힘들었다. 그래서 면학 시간에 종종 의자를 박차고 일어나서 문을 열고 뛰쳐나가고 싶은 충동을 느끼곤 했다. 다른 친구들도 마찬가지로 이렇게 힘들어 했다. 시들어 버린 꽃처럼 힘이 다 빠진 느낌이었다.

담임 선생님은 이렇게 힘들어하는 우리를 위해 저녁에도 산책할 수 있도록 외출증을 끊어 주시겠다고 하셨다. 나는 이 말을 듣자마자 나가고 싶다는 충동을 겪었다. 그날 저녁 나는 산책 나가고 싶어 하는 반 친구 4명과 함께 산책을 나섰다. 처음 나가게 되었을 때는 해야 할 과제가 걱정되어 마음 한구석이 불편하고 이렇게 놀아도 될까, 하는 생각을 하였다. 하지만 막상 밖으로 나가니 기분이 너무 좋았다. 호수를 본 순간 우리는 무척 흥분했다. 이리저리 달려 다니고 깡충깡충 뛰고. 우리 사정을 모르는 주민분들은 우리가 이상하다고 생각했을 지도 모른다.

해가 길어져 아직 이른 밤이었다. 밤바람을 쐬며 산책하니 그동안의 답답했던 마음이 다 사라져 버렸다. 시원한 밤바람은 내 마음을 행복으로 가득 차게 해주었다. 나는 밤을 좋아한다. 나는 시원한 밤바람과 고요한 밤이 좋다. 특유의 상쾌한 밤공기를 느끼며 노래와 함께 밤의 고요함 속을 걷는 것을 좋아한다. 이렇게 걷다 보면 마음이 편안해졌다. 학생들은 별로 없고 간간이 선생님들만 보였다. 낮에 본 호수와는 또 다른 느낌이었다. 낮에 보는 호수는 활기찬 느낌이었지만 밤에는 고요한 느낌을 물씬 풍겼다.

우리는 저녁 호수 모임을 만들기로 하였다. 말 그대로 가끔 이렇게 함께 호수를 산책하는 것이다. 우리는 한 바퀴를 돌고 급식을 먹으러 갔다. 아직도 기분을 잊을 수 없다. 저녁으로는 내가 가장 좋아하는 음식인 떡볶이, 치킨 너겟, 김말이 튀김이 나왔다. 상쾌한 마음으로 행복하게 먹었다. 이후에도 한 차례 정도 다른 멤버들과 산책을 나갔다. 하지만 아쉽게도 다른 반 학생들이 자신들도 호수에 나가고 싶다며, 왜 우리만 허락해 주느냐고 불공평하다는 호소를 했다고 한다. 우리의 즐거웠던 밤 산책은 이렇게 짧게 끝나 버렸다. 이제는 점심 때만 종종 친구들과 산책을 가고 있다.

이 커다란 호수는 나를 아무리 힘들더라도 잘 버틸 수 있게 해준 고마운 존재다. 호수를 돌다 보면 답답했던 마음이 모두 사라져 버린다. 요즘은 학교에 웬만큼 적응되어서 별로 안 힘들고 처음보다 과제가 많아져서 여유가 없어 자주 가지 않는다. 오랜만에 호수를 생각하니 호수에 가고 싶어졌다. 조만간 친구들을 설득해서 가야겠다.

미추홀 외고의 첫날

정윤아

날짜: 2023년 3월 2일 날씨: 쨍쨍

3월 2일 오늘은 처음 미추홀외고에 오게 된 날이다. 나는 학교가 너무 기대되어서 아침에 엄마가 깨우지도 않았는데 먼저 일어나서 학교 갈 준비를 했다. 아빠가 나와 친구를 태워다 주셨다. 나는 같은 아파트에 사는 중학교 친구와 함께 타고 다니기로 했다. 친구네 부모님과 우리 부모님이 한 달씩 번갈아 가며 태워주시기로 했다. 이번 달은 우리 아빠가 태워다 주시는 달이다. 학교까지 가는데 우리 집에서 20분 정도 걸렸다.

기숙사 들러서 짐을 두고 학교에 오니 내가 좀 일찍 와서 아직 많이 오지는 않았다. 나는 친구들한테 인사를 하고 자리에 앉아 있었다. 너무 어색했다. 나는 가만히 있기에는 좀 뻘쭘해서 친구와 카톡을 했다. 점점 친구들이 오기 시작했다. 친구들이 모두 좋아 보였다. 다행히 나와 면접 날 알게 된 친구가 왔다. 나는 그 친구와 서로 안부를 물었다. 그러는 사이 친구들이 거의 다 왔고 담임 선생님이 오셨다. 담임 선생님은 정말 예쁘고 친절하셨다. 우리 담임 선생님은 과학 선생님이다. 그리고 우리는 돌아가면서 자기 소개를 했다. 진짜 거의 모든 수업 시간마다 자기 소개를 했다. 5번 정도 한 거 같다. 우리는 자기 소개하면서 이름, 취미, 좋아하는 것, mbti 등을 말했다. 점심시간에 우리는 반 친구들 모두 함께 또 돌아가면서 자기 소개하며 놀았고 함께 밥 먹으러 갔다. 석식 시간에는 좀 끼리끼리 친해져 친한 친구들끼리 함께 놀았다. 친구들과 놀다 보니 모두 좋은 친구들인 거 같다. 우리 과에는 중국에서 살다 온 친구들이 많았다. 우리 반에만 4명이나 있다. 부모님 중 한 분이 중국 분인 친구들도 있고, 중국에서 10년 넘게 살다 온 친구도 있었다. 우리 옆반은 5명이나 된다고 했다. 우리는 과마다 두 개의 반이 있다. 선배들이 말하길 나중에는 같은 과 친구들끼리 다 친해진다고 한다. 면학을 했는데 생각보다 시간이 너무 안 갔고 너무 힘들었다. 5시간이라는 시간은 생각보다 너무 길었고 뭘 해야 할지 너무 막막했다. 이렇게 오랫동안 같은 자리에 앉아서 공부한 건 거의 처음이었다. 중학교 때는 시험 기간이어도 1시간에 한 번씩은 쉬었는데 여기서는 2시간씩 연속으로 해야 된다. 면학 시간에 너무 답답했다. 속도 울렁거리고 가슴 한 켠이 턱 막혀버린 거 같았다. 계속 뛰어나가고 싶었다. 나는 수학 문제를 풀었는데 그 마저도 계속 잘 풀리지 않아 짜증났다. 끝나기 30분 전부터는 계속 시계만 들여다보고 있었던 거 같다. 드디어 지긋지긋한 면학 시간이 끝났다. 나는 친구들과 함께 기숙사로 향하였다. 오늘 룸메이트를 처음 만났는데 좋은 친구 같다.

너무 피곤하다. 진짜 이불에 눕자마자 잠에 들어 버릴 것만 같다. 내일이면 집에 간다. 하루 밖에 엄마와 떨어져 있었는데 엄마가 보고 싶다. 그래도 내일 집에 가니 좋다. 입학이 목요일이어서 이틀 만에 집에 가지만 다음 주부터는 1주일 동안 학교에서 지내야 된다. 앞으로 미추홀외고에서의 3년이 기대되지만 내가 잘 버틸 수 있을지 걱정이 된다.

PART3.
김진영 선생님의 글

어머니의 심부름꾼

김진영

　어머니를 생각하면 가장 먼저 심부름이 떠오릅니다. 어머니는 내가 15살이 되던 해에 갑작스레 돌아가셨습니다. 나에게는 한 살 위의 형과 밑으로 어린 여동생이 있었습니다. 훗날 2명의 여동생과 남동생이 더 태어났지만 내가 다섯 살 무렵에 형이 앓다가 죽은 후 모든 잔심부름이나 허드렛일 등은 나의 독차지가 되었습니다. 엄마들은 왜 친구들과 재밌게 놀고 있을 때 심부름을 가라고 할까요? 그럴 때는 귀찮게 생각하고 피하게 됩니다. 그렇지만 나는 어머니께서 시키는 일에 대해서는 군말 없이 당연히 해야 하는 걸로 생각했습니다. 졸지에 장남이 되어 버린 난 별다른 생각 없이 맏이로서 역할을 다했습니다. 아마도 그런 나의 행동이 어머니에게는 든든하고 믿음직스럽게 느껴졌을 겁니다.

　심부름에는 물건을 사 오거나 돈을 가져다드리는 쉬운 일에서부터 먼 길을 다녀와야 하는 힘든 일도 있었습니다. 대부분은 잔심부름이었지만 동무들과 놀고 싶어서 피하고 싶은 심부름도 있었지요. 하지만 내 기억엔 단 한 번도 뺀질거리거나 도망을 쳐서 어머니의 마음을 상하게 해드린 적은 없었던 것 같습니다. 이건 순전히 나의 기억에 의존한 거라 어머님께 여쭤보면 뭐라 답하실지 모르겠습니다. 이 땅에 계시지 않으니 확인할 길이 없어 안타까운 일이지만 말입니다.

　어머니께서는 초등학교 교사였던 아버지의 박봉에서 생활비를 제외하고 조금씩 돈을 모아 계를 부었습니다. 곗돈을 쥐여 주시며 아무개 댁에 가져다드리라고 하면 한걸음에 달려서 한눈팔지 않고 갖다 드리고 왔습니다. 이 심부름은 한 달에 한 번은 꼭 가는 심부름이었고 별로 힘이 들지 않는 쉬운 편이었습니다.

　그보다는 좀 더 힘든 심부름은 논밭에 나가 일하는 일꾼들의 새참을 갖다주는 일이었습니다. 새참을 갖다주기 전에 일꾼들의 힘을 북돋아 주는 막걸리를 받아오는 일이 먼저였습니다. 우리 동네에서 하나밖에 없는 술도가 집(양조장)에 가서 막걸리를 한 주전자 받아오는 일은 자못 신나는 일이기도 했습니다. 막걸리를 받으러 가면 으레 한 되를 담아주고 덤으로 약간씩 더 주곤 했기 때문이지요. 술도가 집에서 구불구불한 논두렁 길을 따라오다가 행여 누가 볼세라 몰래 한 모금씩 마시곤 했습니다. 술맛은 기대했던 것과 달리 시큼하고 별다른 맛을 느끼지 못했지만, 술 받으러 갈 때마다 맛보는 소소한 재미였습니다. 보는 이도 없고 누가 뭐라 하지도 않는데 괜히 가슴이 두근거렸습니다.

　그렇게 받아온 막걸리와 함께 개떡이나 과일을 대나무 바구니에 담아서 일하고 있는 논으로 밭으로 갖다주는 일은 책임감 없이는 할 수 없는 일이었습니다. 일터까지 가는 길은 어린 나에게는 꽤 멀기도 했고 새참의 무게가 만만치 않았습니다. 한 손에는 개떡 바구니를 들고, 다른 손에는 막걸리 주전자를 들고 먼 길을 갔다 와야 했습니다. 새참을 갖다주던 큰길가에 늘어선 미루나무 위에서는 매미들이 가는 여름이 아쉬운 듯 쉰 목소리로 맹렬하게 울어댔습니다.

논둑길을 따라 내 모습이 나타나면 먼발치에서부터 새참을 기다리던 일꾼들은 손을 털며 일어나서 허리를 폈습니다. 일꾼들이 건네주던 개떡 한 조각도 맛있던 시절이었습니다. 어머니께서는 가을 햇볕이 따갑고 제법 먼 길이라 힘들까 봐 하얀 눈깔사탕을 하나 물려주곤 했습니다. '십리오다마'라고도 했는데 어찌나 단단하던지 한번 입에 넣고 빨면 십리를 간다고 해서 붙여진 이름이지요. 그 사탕을 물고 새참을 갖다주고 올 때까지도 사탕은 엄마의 사랑처럼 다 녹지 않았습니다.

어머니께서는 손수 혼수를 지어오실 정도로 바느질 솜씨가 뛰어났습니다. 한복도 옷감을 떼어다가 직접 만들어 입으셨습니다. 옷감을 가져다가 본을 떠서 재단한 후 다림질을 하셨습니다. 난 옆에서 다리미에 올릴 숯을 담아드리기도 하고 다림질할 때, 한쪽에서 옷감을 잡아주기도 하면서 어머니의 일을 도와드렸습니다. 광목에 풀을 먹일 때면 천 양 끝을 잡아 팽팽하게 당기면 입에다가 물을 한 모금 머금고는 뿜은 다음 방망이질을 했습니다. 다듬잇돌 위에 옷감을 놓고 홍두깨로 토닥토닥 방망이질하는 일은 자못 재미있는 놀이였습니다.

당시 사내아이들에겐 잘 시키지 않는 일이었던 것들도 어머니께서는 가리지 않고 시켰고 나도 싫어하거나 마다하지 않고 잘 도와드렸습니다. 남자치고는 바느질 솜씨가 좀 있다고 자부하는데 아마도 어머니의 솜씨를 물려받지 않았나 생각합니다. 아니 어머니 곁에서 거들면서 어깨너머로 배운 덕분일까요. 대학 시절 자취할 적에도 바느질할 일이 많았습니다. 양말이나 옷을 꿰매 입는 것은 기본이었습니다. 이불 호청을 뜯어 빨래를 한 다음에 그걸 꿰매는 일은 예삿일이 아니었지만, 맵시 있게 해냈습니다. 이걸 내가 한 건가 스스로 감탄하기도 했습니다. 우리

막내딸이 초등학교 4학년 때, 내가 한 땀 한 땀 바느질하여 필기구 주머니를 만들어 준 적이 있는데 한동안 애지중지하며 갖고 다닌 걸 보면 아빠가 만들어 준 것이 싫지는 않았던 모양입니다.

우리 동네에는 전남 광양, 옥곡, 진상, 경남 하동을 번갈아 가며 5일장이 섰는데, 우리 집은 진상 장터와 가까운 곳에 있었습니다. 장이 서는 날엔 동네 친구들과 함께 장터를 쏘다니며 한나절 내내 장 구경을 하곤 했습니다. 시골 장터에는 없는 게 없었습니다. 가끔 구충제를 파는 장사꾼들의 장기자랑을 보는 재미도 있었고, 튀밥 튀기는 소리에 놀라 귀를 막고 달아나기도 했습니다. 아주 가끔은 동춘서커스단이 와서 공연을 하기도 했고 가설극장에서 영화를 상영하기도 했지요. 장에서는 주로 갈치나 고등어 같은 해산물이나 집에서 나지 않는 것들을 샀습니다. 지금은 슈퍼마켓이 들어와서 예전 같지는 않지만, 시골 장터는 또 다른 마음의 고향입니다.

콩나물이나 두부는 동네 두붓집에서 수시로 사 먹었습니다. 저녁 찬거리로 콩나물 반찬이나 찌개를 끓일 적엔 두부 만드는 집에 가서 콩나물 한 봉지와 신문지에 싼 두부 한 모를 사 오기도 했습니다. 두붓집도 두 군데가 있었는데 어머니는 한 집에서만 사지 말고 이 집 저 집 번갈아 사 오라고 하셨습니다.

온갖 채소는 주로 남새밭(텃밭)에서 해결했습니다. 이른 아침에 어머니께서는 부엌칼을 주시면서 부추를 잘라 오라고 하셨습니다. 뒷밭으로 가는 길은 대나무밭 사이로 난 오솔길이었는데 겨우 한 사람이 지나갈 만한 좁은 길이었습니다. 그렇게 부추를 한 묶음 잘라 왔는데 신기하게도 며칠이 지나서 가 보면 또 그만큼 쑥 자라있었습니다. 부추밭에 때때로 거름 대신 재를 뿌려주었습니다. 싱싱한 풋고추나 가지를 따오는 일도 나의 몫이었습니다. 남새밭은 우리에게 온갖 푸성귀를 공급해 주는 화수분 같은 곳이었습니다. 김장 배추며 무도 그 밭에서 키워서 김장을 담갔고 겨울철 간식인 고구마도 빠지지 않았습니다. 아무리 따먹어도 없어지지 않고 계속 먹을 것을 내어 주었습니다. 퍼내고 퍼내도 마르지 않는 샘물 같은 어머니의 사랑처럼 말입니다.

그 시절이 그리워서 몇 년 전에 조그마한 꽃밭 겸 텃밭이 있는 집을 안양에 장만하였습니다. 도시농부의 삶이라고나 할까요. 어머니의 냄새가 그리워서 부추와 상추 그리고 토마토와 같은 채소들을 길러서 먹었습니다. 매일 밭에 나가 흙냄새를 맡으며 어머니의 품을 느끼듯 흙을 만지작거립니다. 그 시간만큼은 온갖 세상사에서 벗어나는 듯하고 흙과 풀냄새를 맡으면 머리가 맑아집니다. 땅은 참으로 정직하여 정성과 관심을 쏟은 만큼 돌려줍니다.

때로는 아궁이에 불 때는 일도 시키곤 했습니다. 가마솥에다가 밥을 짓기도 했는데 솔잎에 불을 붙인 다음 솔가지를 넣으면 불이 잘 붙었습니다. 그런 다음 장작을 넣어서 풍로로 불을 살려가며 아궁이 앞에 앉아 있을 때는 온몸이 따뜻해지면서 마냥 행복했습니다. 추운 겨울에는 군불을 때기도 했습니다. 아궁이 위로 휘날리는 눈발이 장작더미에 떨어져 사르르 녹으며 사라지는 모습을 보면서 따뜻한 잠자리에서 스르르 잠이 드는 모습을 상상해 보았습니다. 트랜지스터라디오를 아궁이 곁에 놓고 '태권 동자 마루치' 연속극을 들으며 불을 때곤 했지요. 연속극이 끝날 때쯤이면 불 때는 일도 마무리가 되었습니다. 내일은 무슨 이야기가 이어질까 궁금해하면서 저녁을 먹으라는 말에 부지깽이를 집어 던지고 어머니께 달려갔습니다.

이렇듯 온갖 일을 거드는 난 어머니에겐 참으로 듬직한 꼬마 일꾼이자 심부름꾼이었습니다. 어머니에 대한 추억은 중3이던 15살에 끝이 납니다. 어머니는 우울증에 시달리다가 그만 일찍 돌아가시고 말았습니다. 그렇지 않아도 소심하고 내성적이었던 아이는 더욱 마음의 빗장을 굳게 잠그고 친구들과 잘 어울리지 못하고 우울하게 생활했습니다. 열심히 공부해서 남들이 부러워하던 지역 명문고인 순천고등학교에 합격했지만, 기쁜 소식을 전할 어머니가 계시지 않아 그다지 기쁘지 않았습니다. 어머니의 부재는 평생 씻을 수 없는 상처로 남게 되었고 고등학교 이후 오래도록 가슴앓이를 하며 기나긴 방황을 겪어야 했습니다.

어느새 머리칼이 희끗해진 지금도 변함없이 어머니의 심부름꾼 노릇을 하고 싶습니다. 나에게 심부름을 시키셨던 목소리가 아직도 귀에 쟁쟁하게 들립니다.

"이 곗돈 건넛마을 금촌 댁에 좀 갖다 주고 오너라."
"진영아, 이 새참 버드내 논에 좀 갖다 줄래."
"두부 한 모만 사 오너라."
"할아버지 사랑방에 군불 좀 때라 잉!"

심부름을 시키시던 이 목소리를 단 한 번만이라도 들을 수 있다면 소원이 없겠습니다. 심부름에서 돌아온 저를 안아 주시면서 등을 토닥거려주던 어머니의 따뜻한 손길이 그립습니다.

밤나무 밑동으로 남은 상처

김진영

내가 다섯 살 때 한 살 차이 형이 있었다. 총기가 있었고 인물도 나보다 훨씬 나았다. 동생을 챙길 줄 아는 책임감도 있어서 가까운 동네로 놀러 갈 때면 항상 데리고 다녔다. 그 형을 따라서 나는 이곳저곳을 함께 놀러 다녔다. 형과 함께라면 어디든 갈 수 있을 것 같았고 무섭지 않았다. 그런 형이 어느 날부터 시름시름 앓기 시작했다. 방 안에서 누워 지내기만 할 뿐 나와 함께 놀러 갈 생각도 하지 않았다. 나는 그런 형이 야속했지만 무슨 일이 일어났는지 몰랐다. '형이 어디 아픈 걸까? 좀 지나면 일어나서 나와 함께 놀아주겠지' 하며 외롭지만 당분간 혼자 지낼 수밖에 없었다.

우리 집은 기와집이었는데 마당에서 바라보면 왼쪽에 식당과 부엌이 있었고 대청마루를 중심으로 좌우에 큰 방과 작은 방이 있었다. 방들 바로 앞에는 기다랗게 큰 마루가 있었고 마루가 끝나는 오른쪽에 바로 고방(곡물창고)이 있었다. 고방의 높이는 어른 키 정도였는데 여름철이면 나무로 된 마루 위에 올라가 놀곤 했다. 하얀 벽에는 박으로 만든 바가지가 주렁주렁 매달려 있었고 난간이 없어서 애들에겐 다소 위험하기도 했다. 어쩌다가 형이 다치게 되었을까 궁금했지만 아무도 얘기해 주질 않았다. 나중에 어른들이 하는 이야기를 듣고 어렴풋이 알게 되었다. 돌무렵이 되었을 때 바로 그 고방 위에서 기어 다니며 놀다가 어른들이 잠시 한눈파는 사이에 토방으로 굴러떨어졌다는 것이다. 토방이 흙인지라 큰 상처는 나지 않았고 놀라서 잠시 울기는 했지만 이내 울음을 그치고 잘 노니까 큰 문제가 없을 거라 생각했던 모양이다. 잘 자라주었다. 밥도 잘 먹었고 잠도 잘 잤으며 잘 놀아주었다. 달이 가고 해가 가고 나이를 먹어가면서 아무 일 없는 듯했다.

그러던 어느 날부터 갑자기 몸이 말을 듣지 않았다. 혼자서는 생리적인 현상마저 해결을 못 했다. 대변을 못 보는 것이었다. 어쩌다 방안을 들여다보면 어머니께서 형에게 관장을 해서 변을 빼주었다. 형이 힘들어하는 모습을 볼 때마다 내가 아픈 것처럼 몹시 괴로웠다. 처음에는 부분적으로 마비가 오더니 급기야는 자기 의지대로 몸을 가눌 수 없는 지경에 이르게 되었다. 추측건대 뇌 안에서 출혈이 있었는데 그것이 세월이 흐르면서 서서히 응고되어 기능을 멈춰버린 것이 틀림없다. 머리에 심한 충격을 받았으면 도시의 큰 병원에 가서 뇌 사진을 찍어보고 정밀검사를 했어야 옳았다. 하지만 큰 탈 없이 잘 지내는 아이를 보면서 그냥 놓아둔 게 화근이었다. 아마 형은 가끔 머리가 아팠을지도 모른다. 어른들이 그걸 모르고 지나쳤는지, 알면서도 괜찮아지겠지 하면서 가볍게 생각했는지는 모를 일이다.

어느 날 내 곁에서 홀연히 형이 사라졌다. 아마 나 몰래 멀리 동네 뒷산 어딘가에 갖다 묻은 것이 틀림없다. 혹시라도 눈에 띄게 무덤을 만들면 내가 찾아가기라도 할까 봐 봉분도 만들지 않고 돌무덤을 만들었을 것이다. 늘 함께 다니던 형이 옆에 없다는 것이 못내 허전하고 심심하고 울적했다. 형은 어디로 간 걸까? 형이 있었다면 힘든 일을 겪을 때 함께

상의하고 위로를 주고받을 수 있었을 텐데. 형이 어디로 갔는지 묻고 싶었지만 엄숙한 분위기에 눌려 차마 얘기를 꺼내지 못했다. 집에서는 형 대신 나를 학교에 일찍 보냈다. 한두 살 위인 형뻘 친구들과 함께 학교생활을 하는 사이 나는 형에 대한 기억을 점점 잊게 되었다.

그로부터 5년 후, 내가 초등학교 4학년 가을에 큰일이 벌어졌다. 사고가 나기 전날 밤에 비가 내려 밤나무가 약간 미끄러웠는데 밤을 따보겠다고 나는 겁도 없이 나무로 기어 올라갔다. 우물가에 있던 아름드리 밤나무는 우리 가족들이 먹기에도 넘칠 만큼 많은 밤이 열렸다. 며칠만 더 기다리면 입을 벌려 토실토실한 밤을 줄 텐데 뭐가 급했는지, 기껏 할 수 있는 거라곤 나뭇가지를 흔들어서 벌어진 밤이 좀 더 일찍 떨어지도록 하는 것밖에 없었는데도 밤나무에 올라갔다가 추락하는 끔찍한 사고가 발생했다.

그 시간 어머니는 부엌에서 아침밥을 푸던 중이었다. 갑자기 밖에서 퍽! 하는 소리에 놀라 뛰어나온 어머니는 눈앞에 펼쳐진 풍경에 숨이 멎을 뻔했다. 머리가 터져 피를 흘린 채 거품을 물고 나자빠져 있는 나를 발견한 것이었다. 형도 높은 곳에서 떨어진 후유증으로 죽고, 그 슬픔이 채 가시기도 전에 나까지 큰일을 당했으니 어머니는 눈앞이 캄캄해졌을 것이다. 가까스로 정신을 차리고 나를 둘러업고 동네 의원으로 달음질했다. 어머니 등에 업혀 내가 어디론가 가고 있다고 생각하는 순간, 의식을 잃어 기절하고 말았다.

불과 몇 년 전에 큰아들을 잃었는데 졸지에 장남이 된 둘째마저 나무에서 떨어졌으니 어머니의 가슴이 철렁 내려앉았을 것이다. 혹시나 잘

PART3. 김진영 선생님의 글

못돼서 나마저 변을 당했다면 어머니는 살 수가 없었을 것이다. 형의 경우는 겉으로 터지지 않고 머릿속에서 터져 뇌출혈이 되었지만 나는 다행스럽게 겉으로 출혈이 있었고 머릿속은 괜찮았던 모양이다. 상당히 높은 밤나무에서 거꾸로 다이빙하듯이 우물가 바윗돌 위로 떨어졌지만 정수리를 살짝 비껴 머리가 터지고 팔이 부러지는 대형 사고였다. 아마 정수리로 떨어졌으면 그 자리에서 즉사했으리라.

1970년대 초에는 시골에 제대로 된 병원도 없고 아마 작은 의원이 전부였던 것으로 기억한다. 팔에 마취 주사를 맞고 찢어진 머리 수술을 했다. 오른팔이 부러져 깁스를 하고 머리는 꿰맸다. 수술이 제대로 안 되었는지 매일 의원에 가서 고름을 한 종지씩이나 짜냈다.

수술하느라 사흘간 학교에 결석한 후 오른팔은 깁스를 하고 머리엔 붕대를 감은 채 학교엘 갔다. 아이들은 팔 병신이 됐다고 놀렸지만, 그 몸으로도 재미있게 놀았다. 다소 불편해도 왼손으로 먹고 필기하고 딱지나 구슬치기를 하며 놀고 씻고 모든 것을 다 해내야만 했다. 병원에서 수술을 마치고 집으로 돌아와 보니 내가 떨어졌던 밤나무가 사라지고 없었다. 나를 무척 아끼셨던 할아버지께서 장손 죽일 나무라며 사고가 일어난 다음 날 바로 베어버렸다고 했다. 할아버지에겐 밤나무보다 장손인 내가 더욱 소중했던 것이리라. 아, 나의 실수로 수십 년 묵은 거목이 잘려 나가다니!.

우리에게 풍성한 수확을 안겨주었던 밤나무였는데 너무 아쉽고 허전한 마음을 감출 길이 없다. 지금도 시골집 우물가에 가면 밤나무 밑동만 남아있는 흔적을 보게 된다. 50년 전의 아픈 상처의 기억을 떠올리면 내 정수리 옆에 남아있는 커다란 흉터와 함께 즐거웠던 유년시절의 추억들이 주마등처럼 겹치며 지나간다. 우물가에 떨어진 수많은 알밤을 줍던 기억과 함께.

아버지의 분노

김진영

어린 시절의 아버지는 내게 무섭고 두려운 존재였다. 우선 180cm의 장신과 100kg이 넘는 거구에서 뿜어내는 기운에 눌렸다. 특별히 혼내거나 매를 들어 때리진 않았지만 막연하게 두려움을 느꼈다. 아버지는 운동을 잘하시고 호방한 성격에다 술을 즐겨 드셨다. 체구도 큰 만큼 드시는 술의 양도 만만치 않았다. 귀가가 늦어지면 어머니께서는 어김없이 나를 동네 술집으로 보내셨다. 아버지를 찾아 모시고 오라는 거였다.

다행히 조그마한 동네라 몇 집만 다녀보면 이내 아버지를 찾을 수 있었다. 그럴 때마다 꼬맹이는 거구인 아버지를 부축해 오느라 진땀을 흘렸다. 휘청거리는 아버지를 부축해서 집으로 돌아오는 길은 왜 그리도 멀게 느껴졌는지 모르겠다. 혹시 동네 친구들이 이런 모습을 보면 어쩌나, 빨리 집으로 가고 싶었지만, 갈지(之)자로 걷는 아버지가 야속하기만 했다. 낮에는 학생들을 가르치는 선생님이 밤에는 이런 모습이 된다는 걸, 아이들은 이해하지 못할 것이다.

술을 드신 날 가끔 마루에 드러누워 노래라도 부르기 시작하면 한참 동안 실랑이를 벌여야 했다. 어머니와 함께 아버지를 들어 방안으로 옮기는 것이 큰일이었다. 안 그래도 거구인데 술까지 드시면 그 무게는 감당하기 어려웠다. 아버지는 왜 그렇게 술을 많이 드셨는지 그 당시엔 이해할 수가 없었다. 내가 좀 더 커서 생각해 보니 가장으로서의 무거운 짐과 스트레스를 술로 풀어보려고 했던 것 같다. 술김에 해보는, 할아버지를 향한 무언의 반항이기도 했다. 이런 모습을 보면서 '난 커서 술은 먹지 않겠노라.'고 다짐했다.

우리 집에는 아버지가 돌보던 가축들이 많이 있었는데 소들과 돼지들 그리고 닭들이었다. 봄에 암탉이 부화해서 키우는 닭들이 있었다. 병아리에서 중닭으로 자라서 우리 집에 오시는 귀한 손님들의 음식 재료가되었다. 설날에는 꿩 대신 이 닭고기가 떡국에 고명으로 올랐다. 닭고기를 넣은 떡국은 다른 어떤 떡국보다 구수하고 맛있었다. 아침에 닭장 문을 열어 마당에 풀어놓으면 하루 종일 온 집안을 돌아다니며 풀도 뜯어먹고 곤충이며 지렁이와 지네까지도 잡아먹으며 자란 건강한 녀석들이다. 요즘처럼 양계장 좁은 닭장에 갇혀서 사료나 먹으며 자란 닭과는 감히 비교할 수가 없다.

어느 날 아버지에 대해서 더욱 두려움을 갖게 되는 사건이 일어났다. 그렇다! 그것은 하나의 사건이었다. 대학 시절 여름방학 때, 시골집에서 낮잠을 자던 중 밖에서 나는 소란스러운 소리에 잠이 깼다. 아버지께서 닭들과 실랑이를 하고 있었다. 닭은 들어가지 않으려고 빙빙 돌고 아버지는 집어넣으려고 애를 썼다. 해가 지면 자연스레 닭장으로 들어가는데 그날따라 왠지 이 녀석들이 순순히 들어가지 않았다. 좀 더 모이를 먹고 싶었던 것일까? 아니면 지는 해가 아쉬워 좀 더 햇볕을 쬐며 놀고 싶었던 걸까? 암튼 이리저리 피해서 도망을 다녔다. 좀 더 참고 기다려

줬더라면 어두워져서 스스로 들어갔을 것이다. 하지만 아버지는 어떻게 든 빨리 몰아넣고 딴 일을 하고 싶었는지 서둘렀다. 그런 맘을 알 턱이 없는 녀석들은 요리조리 피해서 도망을 다녔다.

바짝 약이 오르신 아버지께서는 주변에 뭔가를 찾다가 삽이 보이자 닭을 향해 집어 던졌다. 그런데 공교롭게도 정확하게 다리에 맞아서 한 쪽 다리가 툭 잘려버렸다. 다 큰 대학생이었는데도 그 광경이 너무나 섬 뜩했다. 다리가 두 개인 닭을 볼 때마다 걸어가는 모습이 불안정해 보였 는데 다리 하나로 살아가야 할 그 녀석의 기구한 운명이라니. 한동안 한 다리로 절뚝거리며 다니는 외다리 닭을 바라보는 일은 괴로웠다. 그런 아버지가 더욱 무서웠다. 힘없는 닭에게 그런 짓(?)을 하다니! 아버지에 게 일종의 광기, 내재된 분노, 성급함, 그런 면모가 있었던 것일까?

아버지는 아들인 나를 불러서 함께 닭을 몰아 닭장으로 들어가게 할 수도 있었다. 아니 내가 먼저 나섰어야 했다. 하지만 아버지와 나 사이 에는 그런 친밀감이 없었다. 아버지도 할아버지로부터 그런 애틋한 사 랑도 받지 못하며 자라서 친밀감 같은 것은 애초에 없었다.

그 당시 우리들의 아버지, 할아버지들의 삶은 누구 할 것 없이 그랬 다. 자식을 품에 안고 사랑을 표현하는 것을 본 적도 배운 적도 없기에 당연한 일이었다. 그렇다고 애정이 없는 것은 아니었다. 속정은 깊은데 겉으로 표현만 하지 않았을 뿐이다. 하지만 표현하지 않은 사랑을 어찌 알 수가 있을까. 소리를 내지 못하는 종을 종이라고 할 수가 있겠는가 말이다. 고백하지 않은 사랑은 그저 짝사랑으로 끝나듯이. 어쩌면 배운 적이 없으니 표현하지 못하는 것은 당연하다. 그래서 아버지와 자연스럽게 대화를 나누어 본 기억이 별로 없다. 동생들이 태어나면서 나는 바로 할머니께로 넘겨졌다. 젖을 떼고 나면 할머니 손에서 컸으니 친밀감이 덜했다. 부모님보다 할머니와 더욱 친밀했다. 그래서 나는 아버지처럼 하지 말아야지, 우리 아이들에겐 친밀하게 해야지 하면서 노력했다. 아들과 축구도 같이 하고 목욕탕에도 데리고 가서 때도 밀어주고, 방학 때는 함께 공사 현장에서 아르바이트를 하면서 살아온 얘기를 나누곤 했다.

할아버지께서도 당신 성에 차지 않는 일이 생기면 불같이 화를 내셨고 원하는 대로 안 풀리거나 무엇보다 절약하지 않고 함부로 버리면 불호령이 떨어졌다. 밥상머리에서는 밥풀 한 알도 흘리지 말고 주워 먹어야 했다. 수챗구멍으로 밥알이라도 흘려보냈다가는 혼쭐이 났다. 지독한 가난을 이기고 살아온 분이라 충분히 이해가 간다. 부전자전인가 평소에는 점잖아 보이고 말수도 적었지만, 결정적인 순간에는 성격이 급하고 참지 못하셨다.

세월 앞에는 장사가 없는 모양이다. 그렇게 건장하고 혈기 방장하던 아버지도 이제는 걷는 걸 힘들어하신다. 젊어서는 말술에도 끄떡없었는데 약간 절면서 걷는 모습을 보니 무섭게만 보였던 그때의 아버지가 아니었다. 이제는 그때처럼 닭을 뒤쫓아갈 만한 힘도 없고 당신 몸 하나 가누기도 쉽지 않다. 오래전 그날 아버지를 약 올리며 집안을 빙빙 돌던 닭이 떠오른다. 이제 와 다리가 잘렸던 외다리 닭이 눈앞에 어른거리는 것은 무슨 까닭일까?

코로나 시대의 학교생활

김진영

2019년 말 발생한 코로나19는 지금까지 겪어 보지 못한 모습으로 모든 면에서 학교에 돌이킬 수 없는 변화를 가져왔다. 학생들의 학교생활 전체가 새로운 모습으로 바뀌었고 교직원들의 근무 형태와 수업방식에도 변화를 가져왔으며 학부모들의 학교 참여 활동도 제한적으로 이루어졌다.

학생들의 경우 아침에 일어나서 가방을 챙겨 학교에 가던 당연한 일상에 큰 변화가 생겼다. 온라인 개학이라는 초유의 상황 속에서 가장 먼저 '건강상태 자가진단'으로 등교 여부를 확인한 후 마스크를 착용하고 등교하면 바로 발열 체크와 손 소독을 하고 교실로 들어간다. 마스크는 하루 종일 착용해야 하는 필수품이 되었는데 처음에는 답답해하고 힘들어했지만, 이젠 쓰지 않으면 이상할 정도로 일상생활에서 자리를 잡은 것 같다.

선생님들도 마스크를 쓴 채로 수업해야 했고 아이들은 서로 거리두기를 하면서 쉬는 시간마다 손을 씻고 창문을 열어 환기를 시키며 등교할 때나 화장실을 이용하거나 식사할 때도 거리를 유지해야 했다. 식사 시간에 나누던 즐거운 수다는 학교생활의 재미 중 하나였는데 당연히 대화는 금지되었다. 삼삼오오 모여 대화를 나누는 정겨운 광경을 더 이상 찾아보기 힘들게 되었다.

학기 초가 되면 새로 전입해 오는 선생님들이 계시지만 1년이 지나도록 얼굴과 이름이 연결되지 않아 우리 학교 선생님이 맞는지 의아해하고, 학생들도 얼굴을 제대로 알아볼 수가 없다. 신학년도가 되면 학교 교직원들과의 협의회나 상견례 등을 통해서 근무 중 애로사항이나 개선 사항 등을 듣고 식사도 하면서 얼굴도 익히는데 그런 모임도 일체 가질 수 없는 상황이 되어 버렸다.

학교 교육활동에도 영향을 미쳐 단체 활동이 줄줄이 취소되었다. 입학식과 졸업식과 같은 중요한 행사는 물론 학창 시절의 즐거운 추억으로 빼놓을 수 없는 수학여행과 체육대회 및 학교 축제 등 다양한 행사를 할 수 없게 되어 학생들은 자기들이 가장 불행한 세대라며 푸념을 늘어놓기도 한다.

최근까지 고3 수험생의 경우는 대학입시에 대비해서 매일 출석 등교를 원칙으로 하여 1, 2학년의 경우는 한 주씩 교차 등교하고 나머지 학생들은 가정에서 온라인으로 수업을 하게 되었다. 사실 어찌 보면 학교만큼 방역 수칙을 철저히 잘 지키는 곳도 없다. 거리 유지, 마스크 쓰기, 손 씻기, 환기하기, 식사 중 대화 금지 등이 잘 지켜지고 있어 확진자가 나오게 되면 거의 대부분 학교 밖에서 대인 접촉 중에 발생한 사례이지 학교 안에서는 드물다.

우리 학교는 방역 수칙을 철저히 잘 지켜서 1년 반 동안 선방해 오다가 얼마 전 주말에 학교 밖에서 접촉해 양성판정을 받은 학생이 한 명 있었다. 즉시 모든 학년을 원격수업으로 전환하고 월요일 아침 일찍 '감염병 위기관리 대책위원회'를 열었다. 보건소의 협조를 받아 강당에 선별진료소를 설치하고 3학년 학생과 교사 전수검사를 실시하였는데 다행히 전원 음성판정을 받게 되었다. 학교 구성원들이 방호복으로 갈아입고 한마음이 되어 질서 정연하게 움직여 신속하게 검사를 끝냈고 결과 또한 좋게 나오자, 보건 담당 교육청 관계자도 이렇게 잘 협조하여 조직적으로 움직이는 것에 놀랐다며 고마움을 표시했다.

그날 코로나 검사를 마치고 귀가하던 한 학생에게 "검사받느라 힘들었지?" 하고 물었더니 "아니에요. 저는 괜찮았어요. 그런데 선생님들이 정말 고생이 많으시네요." 하면서 밝은 목소리와 표정으로 인사했다. 우리 학생들이 참 예의도 바르고 예쁘다는 생각이 들었고 마음도 따뜻해졌다.

개인적으로 전임지를 포함하여 2017년부터 5년째 매일 아침 학생들 등교 맞이 겸 교통안전 지도를 하고 있다. 등교 맞이가 끝나면 집무실로 가서 학생들의 안전한 학교생활을 위해 학생 사진첩을 펼쳐놓고 기도하는 마음으로 하루의 업무를 시작한다. 다행스럽게도 지금까지 등교 맞이를 하는 동안에는 단 한 건의 교통사고도 일어나지 않아 늘 감사드리고 있다.

사회적 거리두기가 4단계로 격상되면서 원격수업으로 전환되어 학생들이 등교하지 않아 고요한 학교에서 근무하면서 1학기를 마무리하고 있다. 하루속히 코로나19가 종식되고 2학기에는 모든 것이 정상적으로 돌아와 학생들이 친구들과 더불어 즐겁게 뛰어놀며 공부하게 될 날을 손꼽아 기다려 본다. 재잘거리는 아이들과 뛰어놀며 공부하는 학생들, 힘써서 가르치시는 선생님들이 계셔야 비로소 학교가 학교답기 때문이다.

코로나로 인해 학교를 관리하고 경영하는 일의 범위, 학생들의 수업과 학생들의 건강하고 안전한 학교생활에 대한 책임의 한계가 어디까지인지 어디 푸념할 데도 없이 무거운 책임을 두 어깨에 짊어진 채 묵묵히 수행했다.

팬데믹(전세계적 유행병)이 좀 더 지속되어 급격한 사회변화가 계속 이어질지라도 우리 사회의 모든 구성원들이 서 있는 위치인 개인, 가정, 학교, 직장 어디서든지 각자의 역할에 충실하여 힘써서 살아갈 때, 다시 본래의 자리를 되찾게 되어 언제 그랬냐는 듯 활짝 웃으며 이야기꽃을 피우게 될 것이다. 그날이 오기를 기대해 본다. (2021년)

시로 나누는 사랑, 커가는 행복

김진영

"똑! 똑! 똑!"

노크 소리와 함께 얼굴을 들이민 것은 고3인 예은이었다. 평소에도 학생들이 교장실을 찾아오긴 했지만, 고3 학생의 방문은 다소 의외인지라 반갑게 맞이했다.

"그래 무슨 일이야? 어떻게 왔니?"

"네, 선생님 저희들이 자율동아리를 운영해보고 싶은데 혹시 지도교사를 해주실 수 있나요?"

"자율동아리 지도교사라?"

뜻밖의 제안에 잠시 숨을 고르고 좀 더 대화를 나누었다. 무슨 동아리인지, 어떻게 조직하게 되었는지, 어떤 활동을 하고 싶은지 등을 확인한 후 함께 해보기로 했다. 그런데 우리 학교에는 다른 선생님들도 많이 계시는데 왜 교장인 나를 선택했는지 연유를 물었다. 2017년에 교장으로 부임한 이래 입학식이나 개학식 등 행사 때마다 시를 낭송해 주시고 학생들에게 시를 써서 전달해 주신다는 얘기를 듣고 함께 동아리를 하면 좋겠다는 생각이 들었단다. 그렇게 해서 시와 문학작품을 함께 읽고 나누는 '그린나래'라는 자율동아리가 탄생했다.

6명의 3학년 학생들로 구성된 시동아리 그린나래는 매주 화요일 아침에 한 시간씩 교장실에 모여서 각자가 좋아하는 시나 시인을 소개하고 시를 읽고 느낌을 공유하기도 하고 일상에서 깨달았던 것들을 나누었다. 그동안 다루었던 시인들은 윤동주, 이병률, 문정희, 박노해, 함민복, 정현종, 백무산, 김춘수, 한하운 등 국내 시인과 프랑스 시인 기욤 아폴리네르와 자크 프레베르, 그리고 튀르키에 시인 나짐 히크메트 등이다.

특별한 일이 없으면 거의 매주 빠지지 않고 모여서 시를 읽고 서로의 느낌과 생각을 나누었는데 멤버 중 한 학생은 한 학기 동안 친구들과 함께 나눈 시와 각자의 느낌 등을 묶어서 소책자를 만들기도 했다. 수능이 끝난 다음에는 시간을 내서 시인들의 발자취를 찾아 인천을 사랑한 시인들의 시비를 찾아보며 시인들의 발자취를 둘러보기로 했다. 그동안 시동아리를 하면서 느낀 소감과 변화를 들어본다.

"지금 나에게 시란 새로움과 놀라움을 주는 기적이다. 시를 접할수록 느낌과 생각이 다르고 시를 통해 마음의 위로와 안위를 얻게 되며 때로는 작가의 엄청난 상상력에 놀라게 된다. 예전엔 윤동주 시인의 시만 좋아했는데 지금은 내가 공감할 수 있고 마음에 큰 위로를 주며 실제 이야기를 다룬 시를 찾아보고 싶다."(김지은)

"평소에 시를 읽으면서 어떤 공감도 할 수 없었고 상대방의 입장을 생각해 볼 여유도 없었는데 이제는 시가 그저 딱딱하고 교과서에만 있는 것이 아니라 '시가 즐겁다'라는 인식을 심어준 그린나래가 정말 고맙고 잊을 수 없는 추억이다."(윤주영)

"시는 더 이상 나에게 막막하거나 어려운 것이 아니고 가깝고 힘을 줄 수 있는 든든한 지원군이다. 시를 적으며 위로를 얻었고 시를 읽으면 고민이 덜어지기도 했다. 서점에 가면 가장 먼저 시집 코너에 눈이 가고 어느새 시집을 펼쳐 들고 읽곤 한다. 시는 짧고 굵다. 이것이 시의 매력이다. 짧은 시지만 한 사람의 일생을 담아내고 세상의 모든 감정을 녹여낸다. 화요일 아침은 그린나래 활동 시간, 정말 기대되고 흘려보내기 싫은 소중한 시간이었다. 학업에 지친 학우들에게 힘을 주었고 문학과 인생에 대한 배움을 동시에 얻을 수 있었다. 마치 추운 겨울에 마시는 한잔의 따뜻한 코코아 같은 달콤한 시간이었다. 처음에는 교장 선생님이 크고 멀게만 느껴졌는데 선생님과 많은 시간을 함께하며 가까워질 수 있었고 그린나래를 통해 좋아하는 시인이 생겼다. 문정희, 박노해 시인을 알게 되었고 그들의 시를 통해 힘을 얻었다. 문학과 인연은 큰 힘을 갖고 있는 듯하다. 우리는 문학을 통해 소중한 인연을 만났고 그린나래는 나에게 고등학교 시절 평생 잊지 못할 추억이 될 것이다."(기예은)

"친구들과 어떤 일이 있으면 누가 먼저랄 것 없이 시를 써서 감정과 느꼈던 것을 표현한다. 현재 나에게 시는 말, 편지, 표정과 같은 하나의 표현이 되었다. 그린나래를 통해 바뀐 점은 시를 보면 대충 보지 않는 것과 마음에 와 닿는 시가 있으면 그린나래 친구들에게 보여 주고 싶은 마음이 생겼다는 것이다."(손예빈)

"지금 나에게 시는 즐거움을 주기도 하고 위로를 해주는 친구 같은 존재이다. 그린나래를 통해 바뀐 점은 내가 발표해야 하는 날이 아니더라도 시를 찾아보게 되었다는 것이다. 또 다양한 시들을 필사해서 간직해보고 싶다는 생각이 들었다. 필사한 작품들이 하나둘 늘어 가면 뿌듯할 것 같다. 그린나래에서 다양한 시들을 접할 수 있어서 좋았고 시를 소개하고 나서 교장선생님께서 해주시는 말씀들이 정말 힘이 되고 좋았다. 한 마디 한 마디 진심을 담아 우리들에게 말씀해주시는데 정말 감사드리고 친구들이 내 시에 공감해주는 것도 정말 좋았다."(이소연)

"나에게 시란 아마 문이지 않을까? 처음엔 앞에 있는 문 때문에 멈칫하게 되지만 똑똑 두드려보고 살며시 열고 안으로 들어가 나아간다. 처음엔 어렵지만 조금만 관심을 가지고 두드려보면 시의 넓은 내면의 세계를 바라볼 수 있다. 그린나래를 통해서 시와 더 친해졌고 시와 현재와 과거의 경험 등을 이야기하고 나누면서 시는 우리의 삶과 밀접하다는 것을 깨달았고 친구들과 나의 경험이 어울리고 섞여서 내가 나아가는 길의 등불을 밝히는 것 같다."(김민서)

이처럼 시동아리를 통해서 자칫 메마르기 쉬운 고3 생활에 활력을 불어넣었고 일주일에 한 번은 시 속에 빠져서 함께 나누는 즐거움으로 힐링타임이었고 좋은 추억을 간직하게 되어서 의미 있었노라고 이구동성으로 얘기했다. 간식과 음료수를 준비하고 아이들을 맞이하는 화요일 아침은 마치 사랑하는 연인을 맞이하는 것처럼, 내게도 행복한 '시요일'이었다.

요즘 학생들은 디지털 세상에서 살고 있기에 뭐든지 빠른 것을 원하고 이메일조차도 느리다고 SNS를 통해 즉답을 원하지만, 교사 시절 학생들과 편지를 주고받으며 소통하던 추억이 떠올랐다. 나는 시동아리를 넘어, 더 많은 학생들과 아날로그 방식인 시와 편지로 소통하기로 마음먹었다.

먼저 교장실 문 앞에 꿈담우(꿈을 담은 우편함)라는 함을 제작해서 부착하고 원하는 시를 써넣거나 편지를 써서 넣어놓으면 답장을 해보기로 했다. 다른 한 가지는 교장실 문 앞에 화이트보드(소통게시판)를 부착하여 학생들과 더 가까이 직접적으로 소통하기 시작했다.

소통게시판에는 학생들의 건의사항이나 제안 등을 받아서 검토한 후에 해당 부서에 전달하여 타당성을 검토하고 예산이나 시행에 문제가 없는 경우엔 즉각 시행하고 시행이 어려운 경우는 즉문즉답 코너를 통해서 궁금증을 해소해 주곤 했다. 칭찬 코너를 통하여 학생이나 선생님들을 칭찬함으로써 칭찬 분위기를 조성하는 역할도 했고 각종 아이디어 제안과 개인 편지를 통한 고민 상담도 했다. 아이들 스스로 생각하는 힘을 길러주고 한 명의 제안이라도 의미 있고 가치 있는 거라면 예산을 수립하여 반영했더니 자기의 제안이 선정된 해당 학생은 너무 고마워하며 감사 편지를 써주기도 했다.

학생들이 받기를 원하는 시를 써놓거나 편지를 넣어놓으면 시와 편지를 써서 교실로 직접 배달하기 시작했는데 처음에는 잘 모르고 이용하지 않던 학생들도 입소문을 타고 점점 퍼져나가기 시작했다. 직접 자필로 좋은 시를 써서 나눠주거나 학생들이 원하는 시를 써주다 보니, 점점 써야 할 시의 분량이 많아졌다. 갈수록 시간도 부족하고 벅차서 나만의 자필 폰트를 개발했다. 그때부터는 더 효율적으로 시 배달을 해줄 수 있

게 되었다. 시를 들고 쉬는 시간이나 점심시간에 교실을 방문해서 전달
하면 아이들은 환호성을 지르면서 너무나 좋아한다.

이처럼 시를 나눠주면서 학생들의 학교생활에 활력을 주고 아이들이
행복해하는 모습 덕분에 시배달을 멈출 수가 없다. 이제 전교생이 시를
간직하는 그날까지 시배달부의 배달은 계속될 것이다.

시와 편지가 늘어나는 것만큼 우리 학생들의 행복도 커가고 삶의 힘
이 자라나기를 기대해본다. (2018)

세상에서 가장 늦은 졸업식

김진영

지난 7월 15일 장맛비가 세차게 내리던 날 세상에서 가장 늦은 졸업식에 다녀왔다. 독립기념관에서 빙그레와 국가보훈부 주관으로 열린 행사였다. 명예졸업장을 받으신 분은 나의 외조부로서 그날 함께 졸업장을 받은 독립운동가 94명 중의 한 분이신 고 서홍렬 옹 (1911.6.2.~1985.4.3.)이 그 주인공이다. 졸업식 현장에는 전국 각지에서 모여든 150여 명의 학생독립운동가 후손이 참석해서 대신 졸업장을 받고 감동과 감격의 시간을 가졌다.

나의 외조부의 약력과 활동 내용은 다음과 같다.

『1930년 1월 부산 동래고등보통학교(이하 동래고보) 4학년 재학 중 광주학생운동을 지지하는 2차 동맹 휴학에 참여하여 활동하다 퇴학 처분을 받고 하숙집에서 강제퇴거를 당하게 된다. 1929년 11월3일 전라남도 광주에서 광주고등보통학교 학생과 광주중학교 일인(日人) 학생의 쟁투를 계기로 광주학생운동이 일어나자, 이를 지지하는 동조 시위가 전국으로 확산되었다. 경상남도 부산의 동래고보 학생들도 1929년 12월20일 광주 구금 학생들의 석방을 요구하며 동맹 휴학을 벌였다. 그러나 때마침 동계방학이 시작되어 운동은 더 이상 진척되지 못하였다.

4학년에 재학 중이던 서홍렬은 3학기 개학 후인 1930년 1월 중순 학우들과 재차 동맹휴학을 추진하였다. 강권일(姜權一), 서상선(徐相璇), 등 학우들과 진정서 작성, 정서(正書), 제출자, 지휘자 등의 역할을 분담하고 준비를 서둘렀다. 마침내 1월21일 학우인 강권일이 학교에 진정서를 제출하고 그는 동맹 휴학을 지휘하였다. 이로 인해 가택 수색과 함께 경찰에 체포 구금되었으며, 학교에서는 퇴학당하였다. 정부는 2019년에 대통령표창을 추서하였다.』(자료제공 : 빙그레)

이날 졸업식은 빙그레가 국가보훈부와 협력해 개최한 캠페인의 일부로, 독립운동을 했다는 이유로 정학·퇴학 등의 부당한 징계를 받아 일제에 의해 학업을 포기해야 했던 학생 독립운동가 94명을 위해 마련된 자리다. 이 94명은 국가보훈부 공훈전자사료관에 정학·퇴학 등의 징계 기록이 남아있는 학생 독립운동가 222명 중 복원 가능한 사진자료가 있고 후손들이 동의한 94명을 대상자로 선정했다고 한다. 국가보훈부는 독립운동 참여로 학업을 이어가지 못한 애국지사의 수를 총 2,596명으로 추산하고 있다.

빙그레는 독립운동가와 특별한 인연이 있는 것으로 유명한데 김호연 회장의 배우자인 김미 씨가 백범 김구 선생의 손녀이기 때문이다. 이런 인연 때문에 빙그레는 독립운동가와 그 후손들을 위한 특별한 발자취를 남기고 있다. 지난 2019년 '임시정부수립 100주년 기념 캠페인' 영상을 시작으로 독립운동정신을 계승하고 감사의 뜻을 전하는 캠페인 영상을 매년 제작하고 있다. 또 공익재단을 통해 2018년부터 독립운동가 후손들을 위한 장학사업을 계속하고 있으며 '세상에서 가장 늦은 졸업식'은 그 특별한 발자취 중 하나이다.

행사는 국민의례를 시작으로 캠페인의 취지설명에 이어 빙그레와 국가보훈부 관계자의 축사, 졸업장과 졸업앨범 수여식 및 졸업사 등으로 엄숙하고 진지한 분위기로 진행되었다. 행사 순서 중 가장 인상적이고 감동적이었던 장면은 '홀로그램(실물처럼 입체로 보이는 3차원 영상이나 이미지)'으로 복원된 독립운동가 김찬도 선생이 졸업생 대표로 졸업사를 낭독하는 장면이었다. 95년의 세월을 거슬러 단정한 교복 차림으로 되살아난 김찬도 선생은 천안 독립기념관에서 열린 '세상에서 가장 늦은 졸업식'에서 졸업생 대표로 연단에 서서 졸업사를 낭독했다.

"동지여, 보고 있는가. 우리가 목이 터져라 외치던 독립을 했어. 우리가 헛되지 않았음을, 틀리지 않았음을, 이 대성한 대한민국이 이야기해 주고 있네. (중략)

우리 대한민국이 독립을 했다. 퇴학을 당해 직장을 구하지 못한 어려움도 있었고, 학창시절에 대한 아쉬움도 남아있을 터이지만, 오늘 이 자리에 가족들과 있으니 그런 괴로움과 마음 따위 다 무용합니다. 우리가 걸어온 길 기억하고 위로하듯 이러한 졸업식을 열어준 뜻에 진실로 감사합니다.

동지들이여, 우리를 위해 마련된 이 졸업식을 함께 축하하세."

김찬도 선생은 1928년 6월, 수원고등농립학교 재학 중 항일학생운동단체인 '건아단(健兒團)'에서 주축이 됐다는 이유로 수원역에서 붙잡혀 그대로 서대문 형무소에 투옥되었다. 재판 결과 징역 10월에 집행유예를 선고받았고, 그길로 퇴학 조치를 당해야만 했다. 그는 끝내 학교로 돌아가지 못했고, 1994년 작고했다. 졸업사 내용은 돌아가시기 전 김찬도 선생의 자서전 내용을 바탕으로 작성이 되었고 이를 듣던 후손들은 감격의 눈물을 흘렸다.

"정말 아버님 학생 때 모습을 다시 볼 수 있다고? 가능해요, 그게?"

김찬도 선생의 딸인 김은경 씨는 홀로그램 이야기를 듣고는 처음엔 '말도 안 된다'는 듯 되물었지만, 이날 홀로그램을 통해 아버지의 젊은 날 모습을 마주하자 눈물을 글썽이며 감격스러워했다. 김찬도 선생의 딸 등 후손들은 이날 독립운동가들의 서훈뿐만 아니라 명예졸업장과 졸업앨범도 받았다. 이들이 받은 졸업앨범엔 독립운동가들의 사진을 바탕으로 AI 작업을 통해 졸업 당시의 모습을 복원한 사진이 실렸다. 빙그레는 이 외에도 독립운동가들의 활동 내용을 기록한 기념 졸업앨범을 오는 11월 3일 학생독립기념일에 배포할 예정이다.

이번 졸업식이 있기까지 물심양면으로 지원을 아끼지 않은 국가보훈부의 숨은 노력도 빼놓을 수 없다. 보훈부는 이번 캠페인이 제대로 이뤄지도록 항일학생운동의 주축이 됐던 학교들을 찾아가 학적부를 조회하고 후손들을 찾아내는 등의 힘겨운 작업을 마다하지 않았다. 보훈부 관계자는 "보통 독립운동가라고 하면 김구 선생, 안중근 선생을 생각하지만 상대적으로 알려지지 않았던 분들, 여성이나 학생운동가들도 열망을 갖고 독립 운동을 했다는 것을 국민들께 알리고 싶었다"며 "앞으로도 이런 프로젝트를 계속해 나갈 계획"이라고 밝혔다.

빙그레 역시 여기서 그치지 않고 앞으로도 '숨겨진' 학생 독립운동가들을 찾아내 서훈하는 '세상에서 가장 늦은 졸업식' 캠페인과 같은 의미 있는 여정을 계속 이어갈 예정이라고 했다.

"독립 운동가는 잘 알려진 분들이든 아니든 모두가 독립을 위해 노력해 주신 분들"이라며 "이런 분들에게 대중들이 더 많이 관심을 갖도록 하는 것이 이번 캠페인의 목적이라면서 많은 분들이 유공자분들과 후손분들에게 존경과 감사의 마음을 갖는 계기가 됐으면 좋겠다"고 말했다.

함께 행사에 참석했던 후손들도 이구동성으로 이런 행사를 기획하고 진행한 빙그레와 관계기관에 고마운 마음을 전했다. 나의 딸과 사위도 함께 이 행사에 참석했는데 오기 전에는 잘 몰랐는데 막상 참석해보니 정말 의미 있고 뜻깊은 행사였고 우리의 가족 중에 이런 분이 있다는 것이 자랑스럽고 무척 소중하게 느껴졌다고 했다. 나 또한 외손으로서 장손이라 외조부의 사랑을 한 몸에 받고 자랐다. 어릴 적에는 이런 숨은 역사가 있는 줄 몰랐다. 꼿꼿하고 올곧은 분이란 건 느꼈지만 외조부께 이런 결기와 기개가 있었다는 것이 자랑스럽다. 타의에 의해서 강제로 학교에서 쫓겨났을 때 그 구겨진 자존심과 상실감 그리고 나라 잃은 설움에 얼마나 울분을 삼켰을지 모르겠다. 살아계실 적에 이런 기회가 있었다면 평생 안고 살았던 한을 푸셨을 텐데, 많이 늦었지만 이제라도 명예가 회복되어 후손들을 통해서 그 한을 달래주니 고맙기만 하다.

빙그레는 지난 8월 11일 유튜브 채널을 통해 '세상에서 제일 늦은 졸업식' 캠페인 영상을 공개했다. 영상은 공개 4일 만이자 광복절인 15일 오후 기준으로 조회수 220만 회를 돌파하며 뜨거운 반응을 얻었다. 광복절이 지난 후 학교에 출근하니 여러 학생들이 유튜브 영상에서 우리 가족을 봤다며 어떻게 된 일이냐고 물어보았다. 간단하게 외조부에 관한 얘기를 들려주며 행사 취지와 의미를 얘기해 주었더니 소중한 일이라며 의미를 되새겼다.

우리 선조들이 학생들과 비슷한 또래 시절에 항일 독립운동을 했다는 사실을 기억하고 나라의 소중함과 선조들의 항일의지와 구국의 열정을 잊지 말고 열심히 공부하여 우리 사회와 나라에 이바지하는 일꾼들이 되기를 기대해 본다.

PART3. 김진영 선생님의 글

너른 마당

김진영

전남 광양 시골 우리 집 마당은 사시사철 변신을 하는 도깨비 같았다. 어떤 날에는 놀이마당이었다가 잔치마당으로 변하기도 하고 타작마당이 되었다가 김장마당으로 탈바꿈하기도 하였다.

우리 집 마당은 동네에서 제법 넓은 편이었다. 추위가 물러가고 날이 따뜻해지면 아이들의 놀이터 역할을 톡톡히 했다. 작은 운동회를 열어도 손색이 없을 정도로 넓어서 항상 아이들이 북적거렸다. 숨을 곳이 너무 많아 숨바꼭질하기에도 안성맞춤이었다. 안채와 마을 어르신들의 사랑방이 있던 아래채와 대문이 딸려있던 문간방 그리고 화장실과 퇴비를 보관하던 헛간까지 있어서 어떤 때는 술래가 찾다가 포기하기도 했다.

우리들은 이 놀이마당에서 모든 놀이를 즐겼다. 자치기와 비석치기, 구슬치기와 딱지치기 그리고 다방구 놀이나 오징어게임과 말뚝박기 놀이를 하며 놀았고, 여자아이들은 팔방 놀이와 고무줄놀이 그리고 공기놀이를 했다. 개구쟁이 남자 녀석들은 칼싸움이나 총싸움 같은 전쟁놀이로 시간 가는 줄 몰랐다. '무궁화 꽃이 피었습니다'는 동네 아이들 모두가 함께 참여해서 더욱 흥겨웠고 겨울이면 팽이치기나 굴렁쇠굴리기

땅따먹기를 하며 친해졌다. 지금 돌이켜보면 이렇게나 많은 놀이가 있었나 싶을 정도로 가짓수가 많았기에 지루할 틈이 없었다.

마당은 우리들만의 놀이공간은 아니었다. 봄철에는 병아리들의 놀이마당이 되었다. 병아리들이 어미 닭을 졸졸 따라다니며 모이를 쪼아먹는 모습으로 분주했다. 마당에 있는 온갖 벌레를 잡아먹었는데 심지어 지네를 쪼아먹기도 했다. 먹을 것이 귀하던 시절이라 집에서 많은 것을 자급자족했는데 각종 채소는 남새밭(텃밭)에서 갖다 먹었지만 고기는 가축을 길러서 잡아먹던 시절이라 병아리를 키워서 닭고기를 조달했고 돼지를 키워서 큰 잔치에 써먹었으며 어쩔 도리가 없는 해산물은 장날을 기다렸다가 먹을 수 있었다.

여름 장마철이 되면 섬거(蟾居: 두꺼비가 사는 곳)라는 동네 이름에 걸맞게 우리 마당엔 여러 마리의 두꺼비들이 마치 갑옷을 입고 서로 전쟁이라도 벌이는 듯이 사방을 활보했다. 평소에는 보이지 않던 녀석들이 어디에 있다가 나오는지 비가 온 뒤에는 어김없이 마당 여기저기에서 기어 나와 서로 힘겨루기를 했다.

마당 앞쪽 외양간에는 농사에 꼭 필요한 암소가 한 마리 있었는데 어느 날 아침 일어나보니 송아지 한 마리가 마당을 이리저리 뛰어다니고 있었다. 낳자마자 신기하게도 벌떡 일어나 이리저리 펄쩍펄쩍 뛰어다니는 모습이 어찌나 신기하고 귀여웠던지. 외양간 바로 옆에는 닭장이 있었고 가장 먼저 일어난 수탉이 새벽마다 우리를 깨웠다. 외양간 위에는 닭들이 알을 낳는 둥지가 있었는데 매일 매일 신선한 유정란을 몇 개씩 낳아줘서 고마운 양식이 되었다. 이렇듯 마당은 우리들의 놀이공간이자

가축들의 삶의 터전이어서 그야말로 사람과 동물이 공존하고 공생하는 공간이었다.

요즘은 가족 대소사 잔치는 전부 외부 시설에서 진행하지만 1960~1970년대엔 돌잔치나 회갑 잔치 등의 가족 행사나 결혼식이나 장례식 같은 대소사를 대부분 집에서 치렀다. 차일과 천막을 치고 각종 애경사를 치르는 잔치마당이 되었다. 나의 고모도 우리 집 마당에서 결혼예식을 올렸다. 마당에 멍석을 깔아서 잔칫상을 차리고 하객들을 맞이했다. 이런 경사스러운 날에는 으레 집에서 키우던 돼지 한 마리를 잡아 상에 올렸다. 조부모님 장례도 전부 집에서 치렀다. 마을 어른들로 구성된 상여꾼들이 꽃상여를 메고 우리는 만장을 든 조기 행렬과 함께 꽃상여를 따라 장지까지 가서 매장을 했던 것이다.

모내기 철이 되면 일순간 일터마당으로 바뀌었다. 이집 저집 품앗이로 서로 모내기를 했는데 우리 논이 비교적 넓은 편이어서 일손이 많이 필요했다. 모내기를 마친 후엔 멍석을 깔고 새참이나 점심을 먹으려는 사람들로 분주했다. 그릇이 부족해 동네 이집 저집에서 그릇을 모아오고 고방(곡물창고) 위에 걸어놓았던 박으로 만든 바가지가 총동원되었다. 커다란 가마솥에서 갓 지은 쌀밥과 고기를 큼직하게 썰어 넣은 돼지고깃국에 들어있던 돼지고기는 털이 덜 뽑혀 긴 털이 비죽이 튀어나온 것도 더러 있었으나 그 맛은 일품이었다.

타작마당은 보리타작이 시작되는 오뉴월에 시작되어 가을에는 벼타작, 콩타작, 깨타작으로 이어져서 곳간 가득히 양식을 채워주었다. 겨울이 되기 전에는 김장마당으로 바뀌었다. 마당 한쪽에 산더미처럼 배추와 무를 쌓아놓고 수백 포기의 김장을 했다. 텃밭에 커다란 항아리를 묻어 김장을 보관했는데 이듬해까지도 오래도록 묵은지를 먹을 수 있었다.

너른 마당과 함께 우물 또한 깊은 집이었다. 물맛이 좋기로 유명하고 수량도 풍부해서 동네 인근에서 물동이를 이고 와서 물을 길어갔다. 집 바로 뒤에 대나무밭이 필터 역할을 해서 그런지 물맛이 좋고 깨끗하고 시원했다. 냉장고가 없던 시절이라 여름에는 김치나 수박 등을 물에 담가두어 냉장고 역할을 하기도 했다.

마당 주변에는 유실수도 많았다. 여름이면 우물가 앵두나무에 물앵두가 가지가 늘어지도록 달려서 빨간 앵두를 한 움큼 입에 넣으면 톡톡 터지던 그 상큼한 맛을 잊을 수가 없다. 마당을 둘러서 여기저기 감나무도 많았다. 가을에는 방과 후 집에 돌아오자마자 책가방을 집어 던지고 바로 감나무에 올라가 가장 잘 익은 홍시를 따서 한입 베어 물면 달콤한 즙이 입안에 가득 퍼지는 게 그만이었다. 밀수감과 대봉감 등 몇 종류가 있었는데 그중에서도 단연 대봉감 홍시가 최고였다. 추수가 끝나고 대봉감을 따서 대나무 상자에 넣어 시렁에 올려놓으면 잘 익어서 기나긴 겨울밤 출출하던 배를 채워주었던 최고의 영양간식이었다.

매일 빨아내던 빨래의 양도 만만치 않았다. 15명 대식구의 빨래를 널다 보면 마치 가을운동회 때 운동장에 걸려있던 만국기처럼 마당 한가득 빨래가 깃발처럼 나부꼈다. 마당 한가운데를 가로질러 기다란 빨랫줄이 있었다. 머슴 아저씨가 산에서 나무를 해올 때면 그 짐이 어찌나 컸던지 사람 얼굴은 보이지 않고 나뭇짐만 걸어오는 것처럼 보였다. 빨랫줄을 받치고 있는 기다란 장대를 내가 들어줘야만 통과할 수가 있었다. 그렇게 해온 나무는 뒷마당에 겨울 땔감으로 장작더미와 함께 산더미처럼 쌓여있었는데 매일 밥을 할 때나 군불을 땔 때, 소죽을 끓일 때 요긴하게 쓰였다.

사립문 옆에 돼지우리가 있었는데 집에서 나오는 것은 하나도 허투루 버리는 법이 없었고 대부분 돼지 먹이로 다시 재활용되었다. 그냥 버려서 수챗구멍에 음식 찌꺼기라도 보이는 날엔 할아버지로부터 불호령과 호된 꾸중을 들어야 했다. 마당과 우물 사이 장독대엔 집안에서 쓰이는 온갖 장류며 음식 맛을 내는 데 필요한 것들을 보관한 장독들이 옹기종기 모여앉아 시골의 정겨움을 더해주었다.

마당을 지나 헛간 뒤 남새밭(텃밭)에는 웬만한 채소는 다 있었다. 부추나 가지와 고추는 필요할 때마다 식탁에 올려졌고 배추와 무는 김장용으로 쓰였으며, 토란대는 나물로 뿌리 알토란은 국을 끓여 먹으면 기가 막히게 맛있었다. 여름엔 감자를 캐서 먹었고 가을에는 고구마를 수확하여 안방 뒤에 저장해 놓고 겨우내 깎아 먹기도 하고 구워 먹기도 했다. 가죽나무는 봄에 새순이 나오면 나물을 무치거나 부각을 만들어 먹었다. 들깨보숭이와 함께 튀겨서 먹으면 그 맛 또한 진미였다. 헛간 지붕에는 박꽃이 하얗게 피었는데 박을 따 속은 긁어서 나물로 먹고 바가지는 말려서 그릇 대용으로 사용했다. 남새밭 옆 꽃밭에는 온갖 꽃들이 계절마다 피어났다. 향긋한 치자는 물을 들이는 데 사용했고 봉숭아꽃이 피면 여동생들은 너 나 할 것 없이 손톱에 물을 들이기도 했다. 그 외에도 동백 장미 작약 수국 국화 맨드라미 채송화 등 꽃의 종류도 다양하고 철을 따라 앞다투어 피는 꽃이 참 예뻤다.

여름밤이면 마당은 천체관측소로 변신했다. 모깃불을 한쪽에 피우고 평상에 누워 하늘을 바라보면서 별자리를 보기도 하고 하늘을 가로질러 날아가던 유성우나 쏟아져 내리는 은하수를 보며 더위를 식혔다. 오로라의 움직임처럼 반딧불이의 춤추는 모습은 경이로웠고 반딧불이를 잡아서 두 손을 모으면 손안에서 깜박거리는 모습이 환상적이었다. 조상들이 이 반딧불이를 모아 형설지공(螢雪之功)으로 학문을 닦고 실력을 키우기 위해 노력했다는 말이 허투루 들리지 않는다. 약간은 누린내가 나기도 했지만 다시는 돌아갈 수 없는 소중한 추억이다. 지금은 시골에 가도 반딧불이를 보기가 힘들어 안타깝기 그지없다.

이제는 시골에 가도 이런 마당을 보기도 힘들지만 있어도 뛰어놀 아이들이 보이지 않으니 아쉬운 마음에 못내 허전하기만 하다.

소감문

심혜진 (바람) / 작가

 기숙사에서 이토록 다채로운 일이 벌어지다니요. 밴드에 글이 올라올 때마다 두근대는 마음으로 읽었어요. 아마 처음이었을 테죠. 독자가 있는 글을 쓰는 것도, 그 글에 대한 의견을 듣는 것도요. 낯설고 어려웠을 겁니다. 에세이는 필자의 일상을 소재로 성찰을 끌어내는 게 핵심인 장르라 아마 더욱 고민이 많았으리라 생각해요. 그럼에도 포기하지 않고 끝까지 함께 해주신 여러분께 큰 박수를 보냅니다. 이 모임의 특징은 김진영 교장선생님이 동아리 멤버라는 것이죠. 처음엔 상상이 가지 않았어요. 그런데 용기 있게 먼저 이야기를 펼쳐내 주시고, 성실히 마감을 지켜주시고, 합평에도 적극 참여해 주신 것이 학생들에게 귀감이 되었을 겁니다. 든든하게 이끌어주셔서 감사드립니다.

 "어쨌거나 평생 글을 쓸 사람"이라는 학생의 소감글에 미소를 지었어요. 저도 같은 생각입니다. 지금처럼 글을 아끼고 사랑하는 사람들 곁에서, 평생 글 쓰며 살고 싶어요. 훗날 동료 작가로 만날 날을 저도 기다릴게요. 여러분의 열렬한 독자가 될 자신 있답니다. 멋진 사인도 받고 싶네요. 어쨌거나, 계속 써봅시다!

소감문

김진영 / 지도교사, 교장

여러 해 동안 학생들과 함께 동아리를 해왔지만, 올해 미추홀외고에서 북소리책다방 자율동아리를 운영한 것이 가장 의미 있고 보람 있는 활동이었다.

책을 함께 읽고 나누는 매주 금요일 저녁은 일주일 중 가장 기다리는 시간이었다. 특목고라는 특수성 때문에 시간 제약이 많아 디아스포라 영화제 참여나 문학기행을 하지 못한 점은 못내 아쉽다. 그런 가운데 시교육청에서 실시한 '나도 작가 프로젝트'에 공모하여 선정된 것은 아주 뜻깊고 설레는 작업이었다. 심혜진 작가와 함께하면서 글쓰기에 대한 여러 가지 노하우를 터득했고 우리 동아리 친구들에게 매우 유익하고 많은 것을 배우게 된 의미 있는 시간이었다.

앞으로 바람이 있다면 이후에 어딜 가더라도 지속적으로 독서동아리에 참여하거나 만들어서 활동하면 좋겠다. 대학교나 마을 또는 지역도서관에 가면 다양한 독서동아리들이 활동하고 있으니 어느 동아리에 소속되건 상관없이 책을 읽고 글을 쓰는 일은 쉬지 않았으면 좋겠다. 동아리 활동을 해 나가면서 나 자신만의 콘텐츠를 찾기 위해 노력하고 그걸 바탕으로 글을 쓰고 다시 책을 읽기를 바란다. 그래서 훗날 우리가 다시 만나서 얘기할 때는 그동안 읽은 책 이야기와 써 왔던 글 이야기로 밤을 새우고 싶다.

"빨리 가려면 혼자 가고 멀리 가려면 함께 가라"는 말이 있는데 우리 서로 먼 길 가는 데 길동무 말동무 책동무가 되어 서로 위로하고 격려하며 끝까지 함께 가 보자.

몸은 떨어져 있어도 서로에 대한 생각의 끈을 놓지 않는다면 함께 있는 거라 생각한다.

권나경

어쨌거나 저는 평생 글을 쓸 사람입니다. 글을 써서 돈을 벌 수 있든, 벌 수 없든 그런 건 그다지 중요하지 않은 것 같습니다. 이미 글쓰기는 제 삶의 일부이고, 앞으로도 그것 없이는 살 수가 없을 테니까요. '해야 하는 것'이라기보다는, '하고 싶은 것'이라, 하지 않고는 못 배길 테니까요. 사실 저는 에세이가 처음입니다. 저는 어릴 때 한 번도 나를 위한 일기를 쓴 적이 없고, 방학 숙제로 일기를 써야 할 때면 언제나 개학 전날 급조(?)했죠. 그래서 에세이를 써서 책을 낸다는 것은, 제게 엄청난 도전이었습니다. 지금껏 나만을 위해 글을 썼었는데, 이제는 독자들이 읽고 좋아할 만한 글을 써야 한다니. 게다가 매일 끄적이던 시나 소설이 아닌, 나의 삶을 담은 에세이라니! 에세이라곤 읽어 본 적도 없다고 생각했던 제가 아주 좋아했던 에세이집 한 권이 이 글들을 쓰는 데 참 많은 도움이 되었습니다. 어린 시절 매달 우리 집으로 배송되던 〈좋은 생각〉 시리즈입니다. 통 갈피를 잡지 못하던 저는 〈좋은 생각〉처럼 사람을 사랑하게 해주는 글들을 쓰고 싶어서, 제 삶에서 나눌 만한 '좋은 생각'들을 찾아봤습니다. 문장이 유려하지는 못하더라도, 일상의 순간들을 담은 글에서 전해지는 온기가 충분히 따뜻하기를 바라면서요. 변변한 일기도 한 편 안 써 본 제가 부끄럽지만 한번 나눠 보고 싶은 다섯 편의 이야기를 써 내기까지 배운 점들이 참 많습니다. 함부로 비유하지 않기, '퉁 쳐서' 표현하지 않기, 미사여구로 치장하지 않기. 여전히 글은 많이 부족하고 나아가야 할 길이 한참이지만, 그래도 이만하면 첫 단추는 무사히 꿴 것 같습니다. 첫 단추 중에서도 첫 단추니까, 배움이 있다면 그걸로 충분하지 않을까 싶습니다. 앞으로 한평생 글을 쓸 텐데요! 처음을 함께해 주신 교장 선생님과, 글쓰기를 도와주신 작가님과, 모임을 떠난 두 친구를 비롯한 우리 북소리 책다방 친구들에게 감사합니다.

소감문

김시원

도전! 나도 작가

이 프로젝트를 시작하게 된 계기는 [북소리 책다방] 동아리에서 교장 선생님의 제안으로 이 활동에 참가하게 되었다. 처음 이 활동에 관해 설명을 들었을 때 작가님과 함께 책을 만든다는 기대감과 더불어 과연 내가 독자들이 읽을 만한 글을 쓸 수 있을까라는 걱정과 부담감이 컸던 것 같다. 이 상태로 처음 작가님과 만나 소개와 프로젝트의 목적 그리고 전체적인 책 내용의 주제를 고르고 글의 형식 및 몇 페이지의 분량으로 작성할 것인지에 관해서 이야기를 나누었다. 이때까지만 해도 내가 진짜 책에 들어갈 글을 쓴다고? 라며 정말 체감이 안 되었다. 그렇게 해서 글을 쓰게 되었는데, 에세이 형식의 글은 거의 안 써봤던지라 너무 어색했다. 무엇보다 나의 이야기를 풀어나가야 한다는 사실이 어렵게 느껴졌다, 이때 글을 쓸 때는 일단 제출은 해야 하니깐 처음에는 이런 마음으로 썼던 것 같다. 우리 활동 내에서 합평을 가지는 활동이 있었다. 처음 합평의 날, 내가 쓴 글을 평가받는 자리이면서 상대방의 글을 평가하는 자리다 보니 솔직히 많이 떨렸다. 나의 순서는 거의 처음인 터라 작가님과 여러 선배와 동기들로부터 평가를 받게 되었다. 하나하나 평가받은 내용을 연필로 정리해서 적는데 정말 고치고 수정해야 할 부분이 많았다. 또한 상대방의 글을 읽고 직접 읽고 타인의 글에서 부족한 점, 잘한 점을 찾는 활동도 정말 어렵게 느껴졌다. 하지만 이러한 활동을 주기적으로 하다 보니 내가 글을 쓰는 데 있어서 부족한 점을 찾을 수 있었고 작가님과 선배 또는 동기의 조언을 통해 빠르게 개선이 되어 글을 쓰는데 있어서 아주 미미하게 실력이 늘었다는 것을 느낄 수 있었다. 또한 상대방의 글을 읽고 평가하는 활동 속에서 부족한 점에 대해 조언을 해주고 잘한 점에서는 칭찬하면서 서로가 배우면서 '글'이라는 자체에 대한 개선과 폭넓은 시각을 가질 수 있었다. 무엇보다도 이 프로젝트는 나에게 책 출판이라는 얻기 힘든 기회에 도전할 수 있었다는 점과 이러한 과정들을 거쳐서 글뿐만이 아닌 나의 내면적, 정신적으로도 성장한 나의 모습을 볼 수 있었다는 점에서 인상 깊었으며 나의 삶 속 잊지 못할 좋은 추억으로 남겨질 것이라고 확신한다.

김지우

에세이라는 글의 종류를 써본 적도 없고, 즐겨 쓰지도 않았다. 내게는 서투른 글이었고, 정말 어려웠다. 내가 무엇을 쓰고 싶은 것인지에 대해서는 잘 알고 있다. 그냥 내가 하고 싶은 말이나 문득 길을 걷다가 보이는 낙엽을, 노래를 듣다가 머릿속을 스쳐 지나가는 음표를 최대한 나만이 가지고 있는 감각과 표현을 통해 적는 것이다. 하지만 내가 되고 싶어하는 것, 작가의 길을 걷기 위해서는 내가 쓰고자 하는 글을 어느 정도 포기해야 했다. 그리고 그 첫 시작이 에세이인 것은 꽤나 유감이다. 글을 쓰고, 합평하는 과정이 정말 힘들었다. 내가 쓰던 스타일의 글을 버려야 했으며, 거의 대부분의 것을 추상적으로 쓰던 나에게는 구체적인 기술이 끔찍이도 싫었기 때문이다. 담백하다는 건 대체 무슨 의미이며, 그런 특성을 띠는 글은 어떻게 쓰는 것인가. 나의 글에 대한 정체성이 사라져 가고 있는 듯한 느낌이었다. 글은 작가의 내면이라는 뉘앙스의 말을 어디선가 들어 본 것도 같다. 합평을 하면서, 그 점이 가장 안타까웠고 싫었다. 자꾸만 나의 글을 부정당하는 것만 같은 불쾌한 감정, 추구하는 글이 아니라는 것에 의한 기각. 글이라는 게 원래 이렇게 주어진 조건 안에서 유동적이지 못하게 쓰는 것인지 처음 알았다. 어머니께서는 내가 자존심이 너무 높아서 그렇다고 하셨다. 고집을 꺾을 필요는 있다고, 결코 반박할 수 없는 사실이었다. 수치심보다도 스스로에 대한 원망이 더 커졌다. 그래서 갑작스레 뭐든 다 놓아버리고, 내가 하고 싶은 것마저도 포기하려던 순간이 있었다. 작가의 꿈도 포기해 버릴까, 라는 비관적인 태도까지 갖게 되었지만, 교장 선생님과 친구들, 그리고 나의 꿈을 응원해주고 좋아해주는 많은 사람들의 격려 속에서 '까짓것 한 번 나쁘지 않았던 경험으로 삼고 배워보지, 뭐' 라고 고쳐 생각하게 되었다. 나의 생각을 합평받은 이 느낌은 수치스럽기도 하면서 한편으로는 우습기도 했다. 뭐가 어떻게 되었든 이 선택은 결국 옳았다고 볼 수 있고, 나는 청소년 시절에 책을 출간하게 된 '예비 작가'가 된 셈임을 실감했다. 무슨 일이든 간에 취미로 즐겁게 행하던 것이 갑자기 사회적 업무로 변모하는 순간에 힘이 든다는 말은 타당했고, 어찌 보면 당연하다. 그럼에도 나는 아닐 것이라고 안일하게 생각했던 것도 같다. 처음에는 글만 쓰고 책을 내는 귀중한 경험일 줄로만 알았는데, 생각보다 많은 것을 깨닫고 지금보다 한층 더 깊은 곳에 다녀온 듯한 느낌을 받았다. 좋기보다도 풍부했던 경험을 하게 해주신 모두에게 감사합니다.

이지유

글을 쓰는 동안 독자에게 전달하기 쉬운 글을 어떻게 쓰는 것인지 알게 되었습니다. 이번 에세이집뿐만 아니라 다른 사람에게 전달하는 편지 또는 메시지 같은 그 어떤 형식의 글도 잘 쓸 수 있을 것 같습니다. 에세이를 쓰면서 기숙사를 소재로 스토리를 떠올리는 과정에서 평소에 너무 사소한 것이라 기록할 생각을 전혀 하지 못했던 것을 소중히 남겨 나중에도 쉽게 꺼내보며 회상할 수 있을 것 같습니다.

이한슬

처음으로 누군가에게 보여주기 위한 글을 써보게 되어 어려움을 많이 겪었다. 내가 이해 잘 되게 설명한 것일까, 내가 느낀 기분이 제대로 전달될까, 내가 쓰는 언어가 누군가에게 상처가 되지는 않을까 등등 다양한 어려움에 직면했을 때 작가님께서는 솔직하게, 담백하게 등등의 조언을 해주시면서 내가 해결책을 찾을 수 있도록 도와주셨다. 또한 합평을 처음으로 하게 되었다. 누군가에게 나의 글을 보여주는 것이 처음에는 낯설고 부끄러웠는데, 계속해보니 합평이 기다려지기도 하고 어떤 방식으로 고쳐볼까 기대하게 되기도 하였다. "나도 작가"라는 프로그램을 하며 정말 새롭고 즐거운 경험을 할 수 있어서 너무 감사했다.

정윤아

저의 버킷 리스트 중 하나는 책을 쓰고 출판하는 것입니다. 평소에 글 쓰는 것과 책 읽는 것을 좋아해서 언젠간 꼭 나만의 책을 써보고 싶다는 생각을 하였습니다. 이번 '도전! 나도 작가' 프로젝트를 통해 저는 이 버킷리스트를 이루어 낼 수 있었습니다. 저는 저희 북소리 책다방이 '읽컨쓰' '도전! 나도 작가' 프로젝트에 참여하게 되었다는 이야기를 들었을 때 정말 기대 되었습니다. 또 한 편으로는 내가 잘 해낼 수 있을까,라는 의문이 들었습니다. 저는 저를 믿고 과감하게 도전해 보기로 하였습니다.

저는 항상 무언가 글을 쓰고 싶었지만, 막상 글을 쓰기 시작하면 무엇을 쓸지 고민이 되었고 글의 구성이 너무 어색했습니다.

'이번 도전! 나도 작가' 프로젝트는 정말 돈으로도 살 수 없는 소중한 기회였습니다. 작가님의 첨삭을 통하여 정말 노하우들을 배우고 부족한 부분을 알 수 있었습니다. 또한 친구, 선생님, 작가님과 함께 서로의 글에 대해 이야기 나누면서 제가 보지 못한, 다른 사람 입장에서 본 제 글의 부족한 점을 깨닫고 개선할 수 있었습니다.

저는 이번 프로젝트를 통해 글에 대한 흥미를 높이고 글의 완성도를 높일 수 있었습니다. 앞으로도 이번 프로젝트를 통해 배운 것을 바탕으로 꾸준히 글을 써 가며 저의 글 기술을 발전 시켜 나갈 것입니다. 내년에도 이런 기회가 있다면 또 참여해 보고 싶습니다.

ⓒ 글 미추홀외국어고등학교 북소리책다방

초판 1쇄 2023년 11월 27일 발행
발행처 (주) 작가의탄생
펴낸이 김용환
디자인 박지현
주소 04521 서울시 중구 청계천로 40 한국콘텐츠진흥원 CKL 1315호
대표전화 1522-3864
전자우편 we@zaktan.com
홈페이지 www.zaktan.com
출판등록 제 406-2003-055호
ISBN 979-11-394-1695-4 03810